衛斯理小說典藏版 50

新年

衛斯理
親自演繹衛斯理
《新年》

新之又新的序言，最新的

衛斯理小說從第一次出版至今，歷時已近半世紀，總共出了多少正版，還能計得清，若是連盜版一起算，那就算找外星人來算，也算勿清楚哉！不知能不能也算世界紀錄。

算得清好，算勿清也好，能幾十年來不斷出新版，說明不斷有讀者加入，對作者來說，沒有更值得高興的事了，謝謝所有喜歡衛斯理的人，謝謝謝謝。

倪匡

二〇二〇年六月四日 香港

幾句話

寫了四十多年小說，論者將拙作分為三個時期：早、中、晚。在明窗出版的一批，屬於早期和中期的上半。三個時期的創作風格有相當程度的不同，所以風評不一。本人並無偏愛，但讀友對早期的作品，頗有好評，大抵是由於在早、中期作品之中，主要人物精力充沛，活力無窮，所以使故事曲折多變，小說也就格外吸引。明窗出版社此次重新出版這批作品，正好讓大家來證明這一點。

四十餘年來，新舊讀友不絕，若因此而能有新讀友，不亦快哉！

倪匡

二〇〇五年十一月六日

序言

《新年》這個故事十分有趣，是一個短篇，很有幾分寓言的意味，寫人內心深處的貪慾，一連串故事中的一個主要人物——傑克上校——就此失蹤。

衛斯理故事在《新年》之後，輟寫了相當長一段時期，大約有六年，六年之後再寫的，風格上頗有改變。

這次重新校訂，並沒有能按照發表的次序，《新年》之後還有幾個故事，算是「舊作」。

《創造》這個故事，可以改名叫《改造》，寫兩個改造者的失敗，而且指出改造永遠不會成功，人不能改造人，更不能創造出什麼奇蹟來，人人都以自己為藍本，而在本質上，每一個人都大致相同。

衛斯理（倪匡）

一九八六年十二月三日

目錄

新年

目錄

創造

新年

第一部

自天而降的金鑰匙

小時候，看兒童讀物，每逢過年，總有一兩篇文章，解釋為什麼叫「過年」。據說，「年」原來是一種十分兇惡的野獸，每到了一定的時間，出來一次，見人就吃，所以到了這一夜，家家都不睡覺，防守着。「年」這頭兇猛的野獸，又怕紅色和吵鬧聲，所以家家的門口，都貼上紅紙，大燒炮仗。到了第二天，人互相見了面，看到對方還好端端地，沒有給「年」吃了去，於是，互相拱手道賀，恭喜一番。

這種傳說，現在的兒童好像不怎麼歡喜，至少，很少有介紹這種傳說的兒童讀物。

「年」如果是一種兇猛的野獸，那麼，這種野獸，究竟是什麼樣子的呢？像獅子，還是像老虎，牠的胃口究竟有多大，究竟要吃多少人才能飽，為什麼不多不少，每隔三百六十多天出來一次？傳說究竟是傳說，這些問題，因為根本沒有人回答得出，所以也不可深究。但是，過年仍然是過年，過了這一夜，大家見面，還是要恭喜一番。

街上的人很擠，人人都有一種急匆匆的神態，好像都在趕着去做什麼事，但這些人是不是真有什麼重要的事要去做，王其英對之甚有懷疑。

所有人都繁忙，王其英是例外，他斜靠在鐵欄上，鐵欄在人行隧道的出口處，各種各樣的人，像潮水一樣湧出去，只有他懶洋洋地靠着鐵欄，甚至還有空打上幾個呵欠。

王其英打了兩個呵欠，拍了拍口，幾個人在他面前，一面大聲講着話，一面走過，王其英不想動，因為他根本沒有地方可去。

他是一個流浪漢，白天，到處坐，到處走，到了晚上，就找一個隨便可以屈身子的地方躺下來，然後，又是第二個明天，這就是他的生活。

很少人注意他，偶然有人看他一眼，也全是可憐的神色。然而王其英卻不覺得自己可憐，也反而以為那些在街上匆忙來往，不知道為了什麼而奔波的人，比他更可憐得多！

不過，有一點是最麻煩的，這一點，他和其他所有人，沒有分別，他會肚子餓。而現在，他肚子餓了！

他經常肚子餓，每當他真感到肚子餓的時候，他就不再站着，而是坐下來，將頭上戴的破帽子，放在面前，坐上一小時，或者兩小時，破帽子內，可能會有十幾枚硬幣，他就可以解決肚子餓的問題。

王其英很不願意那樣做，可是，他的肚子卻逼着他非那樣做不可，他嘆了一聲，摘下帽子來，抓着亂草一樣的頭髮，蹲了下來，放下帽子低下頭，閉着眼睛。

有多少硬幣拋進他的破帽子來，他可以聽得到，一枚、兩枚、三枚，經過的人多，硬幣也來得快些。然而突然間，他呆住了，那一下聲響，不像是一枚硬幣。

他抬起頭來，向帽子裏看了一眼，他看到了一柄相當大的鑰匙，鑰匙上有一塊兩寸見方的膠牌。

他再抬起頭來，向前看去，想看清楚是誰拋下了這柄鑰匙的，可是他看到的，只是潮水一樣來去的人，他甚至不知道拋下鑰匙的人，是從哪一邊來，又走向哪一邊的。

王其英伸出手，將那柄鑰匙取了起來，一條短鏈，和金光閃閃的鑰匙，拿在手裏，沉甸甸地，很重，好像是黃金的。

王其英呆了一呆，他才想到，這枚鑰匙是金的，也已看清了夾在附在短鏈上的那塊膠牌，是兩層的，當中夾着一張紙。

在那張紙張上，寫着很工整的一行字：「這枚鑰匙是黃金的，如果你賣了它，可以換來一個時期比現在豐裕的生活，但是——」

寫到這裏，下面便是一個箭嘴，表示還有下文。在紙的另一面，王其英用力扭斷了膠片，將紙取了出來，打開，紙的第二面上，寫着：「如果你照這個地址，在新的一年來臨之前的一剎間，午夜十二時，開門進去，將會有你絕對料不到的事發生。朋友，你自己選擇吧！」

再下面，是一行地址。

王其英呆住了，這是怎麼一回事？怎麼會有這樣的事發生的？不是什麼人在和自己開玩笑吧？

一想到「開玩笑」，王其英不禁苦笑了起來，自從他變成了流浪漢之後，所有的人，忽然之間，都變成陌生人了，除了頑童站得遠遠地向他拋石頭之外，他還想不起有什麼人會和他開玩笑。

而且，那也是實在不像開玩笑，這柄鑰匙，看來真是黃金打造的，而且，可能有三兩重，如果賣了它，真可以過幾天舒服的日子。

至少，他可以再嘗嘗睡在牀上的味道，他已經很久沒有睡在牀上了。雖然有人說，金錢只能買到牀，不能買到睡眠，但是王其英卻可以千真萬確地知道，同樣睡不着，在牀上睡不着，比在水泥地上睡不着好得多了。

一想到這一點，王其英連忙將這柄鑰匙，緊緊握在手中。人仍然像潮水一樣，在他面前經過，他的破帽子裏，已經有了七八枚硬幣，他將那七八枚硬幣，揀了起來，戴上帽子。多少年來，他沒有那麼急急地走路了，他夾在人潮中，向前走着，走過了很多條街，才來到了一條橫街的金舖之前。

他一下子就衝進了金舖，等到金舖中的所有人，都以一種極其異樣的眼光望着他，他才想起，自己破爛的衣服和黃澄澄的金子，實在太不相配。

為了怕人誤會，他連忙先攤開了手，他一直將那枚金鑰匙抓在手裏，一打開手掌來，自然人人可以看到他手中的那柄金鑰匙了。

他走向櫃枱，笑了一下：「老闆，請你看看，這個有多重，值多少？」

一個店員，仍然充滿了疑懼的神色，但總算伸手，在王其英的手中，取過了那柄鑰匙，在一塊黑色的石頭上，擦了一下，看着，神情更加吃驚，像是手中捏着的是一條毒蜈蚣一樣，忙又放在王其英的手中：「走，走！到別家去！」

王其英整個人都熱了起來，登時漲紅了臉，大聲道：「為什麼？我想賣給你們！」

店員的聲音更大：「我們不收賊——」

他那一句話沒有講完，另一個店員，就拉了拉他的衣袖，那店員也沒有再說下去，轉過身去，沒有再理王其英。王其英聽出那店員沒有講完的話是什麼，他拍着櫃上的玻璃：「你以為這是我偷來的？你口中說乾淨一點，別含血噴人！」

幾個在金鋪中的顧客，都帶着駭然的神色，走了出去，王其英還在鬧着，一個警員已走了進來。

一看到警察，王其英就氣餒了。

一個流浪漢，每天至少有三次以上被警察呵責趕走的經驗，久而久之，就養成了一種習慣，一看到了警察，就會快點走開。

進來的那個警察，身形很高大，才一進來，就一聲大喝：「幹什麼？」

王其英一句話也沒有說，頭一低，向外便鑽，當他在那警察的身邊擦過之際，警察一伸手，拉住了他的一隻衣袖，王其英一掙，衣袖被扯了下來，王其英飛快奔出了金舖。而等到那警察追出來時，王其英早已奔出了那警察的視線範圍以外了。

他其實並沒有奔得太遠，只不過奔了一條街，一面奔，一面回頭看着，所以，他一下子，撞在我的身上。

我正因為有一點事，要在這條狹窄的橫街找一個人，所以一面走，一面在抬頭看着門牌，王其英撞了上來，我才知道，我被他撞得退開了半步，立時伸手抓住了他：「你幹什麼？」

王其英連聲道：「對不起，先生，真對不起！」

我那時，並不知道他叫什麼名字，可是他的情形，一看就知道是一個流浪漢，而他出言倒十分斯文，是以我「哼」了一聲，鬆開了手，繼續向前走去。

他向我望了一眼，忽然跟在我的後面：「先生，我有一件事，想請你幫忙。」

我望了他一眼，他已將那柄金鑰匙遞到了我的面前，道：「先生，請你看這個！」

我略呆了一呆，在他的手中，拿起那柄金鑰匙來，一上手，就知道那是真金的，我又打量了他一下，雖然我沒有說什麼，但是我臉上的神情，卻是很明顯的，所以王其英立時道：「不是偷來的，先生，是人家給我的，隨便你給我多少錢。」

我掂了掂那柄金鑰匙，搖頭道：「對不起，除非你說得出是什麼人給你的。」

王其英苦着臉：「我不知道，真的，我蹲在街邊，等人施捨，忽然有人拋了這柄鑰匙給我，對了，還有這一張紙！」

我摸索着，將那一張紙摸了出來，我看着紙上的字，也不禁呆了半晌。

這種事，好像不是現實世界中會發生的，那應該是童話世界中的事情！這種事很吸引人，試想，一柄金鑰匙，一個神秘的地址，落在一個流浪漢的手中，而憑這柄鑰匙，就可以進入這個神秘的地址之內，誰也不知道，進入那裏之後，會發生什麼事。

我望着王其英，雖然我一眼就可以肯定，那柄鑰匙，的確是純金的，同時我也立時，斷定了那是一個騙局。看樣子，王其英像是一個知識分子，這一切，可能全是他編出來的。

而這一柄純金的鑰匙，只不過是騙局開始時的「餌」而已。不過一時之間，我也想不出，他使用這樣的「餌」，究竟想得回些什麼。

自然，我既然認定了那只是一個騙局，不會有興趣再研究下去，當然也不會介入。所以，我只是向王其英笑了笑，同時，含有警告意義地對他道：「如果是這樣，那麼，你還是保留這柄鑰匙做一個紀念吧，不必再到處去找人聽你的故事了！」

王其英的臉，紅了起來，他囁嚅地道：「你不相信我？」

我仍然笑着：「算了吧！」

王其英苦笑了一下：「先生，我是一個知識分子，你不相信我，不要緊，但是我說的是實話。」

我沒有再理睬他，自顧自向前走去，可是他仍然跟在我的後面，我開始感到有點討厭了，回過頭去，對他怒目而視，他又開口：「先生，我姓王，叫王其英。」

他講到這裏，略頓了一頓，我「哼」地一聲，已經在我的神情上，表示了極度的討厭。

王其英仍然繼續道：「雖然我亟需要變賣這柄鑰匙，我希望有一點錢，但是，不會有人肯出錢向我買的，在這個社會中，人和人之間，沒有信任，沒有人會相信一個陌生人的話，沒有，那真可怕。」

他忽然之間，發起對社會的牢騷來了，這倒使我有點啼笑皆非，我當然不會和他去辯論什麼，只是冷笑了一下：「你和我講這些有什麼用？」

王其英道：「我既然賣不出去，就只好照那張字條上所說的地址，去試一試運氣了！」

我態度仍然冰冷：「悉隨尊便。」

他苦笑了一下：「請你——」

看他的樣子，他像是想向我提出什麼要求來，但是他只講了兩個字，就揮了揮手：「算了，現在，誰會關心一個陌生人，算了！」

他一面揮着手，一面現出極度茫然的神色，緩緩轉過身，向前走去。

在我看到他臉上出現如此茫然的神色的那一剎間，我真想出聲叫住他，想問問他，究竟對我還有什麼要求，但是我終於沒有出聲，而他也漸漸走遠了。

我略呆了一呆，繼續去找我要找的人，辦完了事，回到了家中，也不再記得王其英這個人了。我看過那個地址，但是由於我當時完全沒有加以任何注意，所以，我也沒有記住它。

又過了幾天，離年關更近了，街上的行人看來更匆忙，人人都忙着準備過年，傍晚，我自繁盛的商業區出來，在擁擠的人叢中走着。

突然間，馬路上行人一陣亂，不但四下奔走，而且還在大聲呼叫着。

那情形就像是有一頭兇猛之極的野獸，忽然闖進了人叢之中一樣，有兩個人在我身邊奔過，他們奔得如此之急，幾乎將我撞倒。

而在他們奔過之後，我也看到為什麼忽然會如此亂的原因了。有一個人，分明是瘋漢，手中持着一柄足有一呎多長的牛肉刀，正在喊叫着，揮舞着，亂揮亂舞，已經有兩個途人受了傷，其餘的途人，只顧自己逃命，沒有一個人去幫助受傷的人。

那瘋漢繼續在向前奔着，看樣子，再讓他這樣瘋下去，會有更多的人受傷，我連忙脫下了大衣，向着那瘋漢，奔了過去，奔到了那瘋漢的前面，那瘋漢陡地舉起刀，向我劈面砍了過來。

在那一剎間，我陡地呆了一呆！

那瘋漢這時的神情，十分猙獰可怖，但是不論怎樣，我卻還是認得他的，他就是那個幾天前，我在街上遇到過的那個流浪漢王其英！

那陡地一呆，幾乎要了我的性命，他手中的刀，已然砍到了我的面前，我幾乎已聽到了周圍所發出來的那一下嘆息聲，幸而我反應靈敏，就在那一剎間，我手中的大衣，也揚了起來。

牛肉刀砍在我揚起的大衣上，沒有砍中我，我飛起一腳，已然踢中了他的小腹，緊接着，一拳揮出，擊中了他的下顎。

王其英立時跌倒在地，在他跌倒的時候，手中的刀，也已經脫手，落在地上，當他還在地上掙扎的時候，警察也趕到了，兩個警察立時將他制服，一個警察問我道：「你為什麼和他打架？」

我望着那警察，真想一拳打上去，但是我還是心平氣和地道：「我不是和他打架，這個人拿着刀，在街上亂斬人，我是制止他的！」

很多人圍上來看熱鬧，但是那警察好像還是不相信我的話，向四周圍大聲道：「是不是有人願意作證？」

那些人，在湧上來看熱鬧之際，頭頸伸得極長，眼突得極出，身子盡量向前擠，唯恐落後，但是當警察一問，他們的眼睛沒有神采了，脖子也縮回去了，沒有一個人出聲，而且，我剛才還看到有兩個人受了傷的，那兩個人也不知道什麼地方去了！

王其英已被兩個警察，反扭着手臂，捉了起來，他低着頭，一聲不出。

那警察道：「先生，請你跟我們到警局去一次。」

那警察的話，聽來倒是很客氣，但是卻也令人感到極度的不舒服。人倒並不是做了一件好事，一定想得到應有的褒揚，但是也決沒有人，在做了一件好事之後，會高興受到懷疑的態度所對待。

我抖開了大衣，大衣上有一道裂口，但是我還是穿上了它：「好吧。」

到了警局，辦完了手續，再出來時，天色已經完全黑下來了。這時候，我忽然明白，何以所有的途人，在被問到是不是願意做證人的時候，沒有一個人願意出聲的道理了，那瘋子是陌生人，被斬傷的也是陌生人，誰肯為了陌生人來招惹麻煩？

才出警局大門，一輛警車駛進來，車中有人向我大叫道：「喂，你又來幹什麼？」

我向警車內看了一眼，看到了傑克上校。

我道：「沒有什麼事，我在街上，制服了一個操刀殺人的瘋子，那瘋子傷了兩個人，但是我卻被帶了來，幾乎被懷疑是殺人兇手。」

傑克上校對我的話，一點也不感到奇怪，輕鬆地笑了笑：「再見！」

警車駛了進去，我苦笑了一下，繼續向前走去，可是走不到兩步，一個警察追了出來，大聲叫道：「等一等！」

我站定，轉過身來，這時候，我的忍耐，真的已到了頂點了，可是那警員所說的話，卻使我感到訝異，警員奔到我的身前站定：「那個瘋子，他堅持要見一見你，他吵得很厲害。」

我想了一想：「他為什麼要見我？我想，我不必去見他了！」

那警員望着我：「當然，我們不能強迫你去見他，可是那瘋子卻說，他認識你！」

又是那種充滿了懷疑的眼光，人在這種懷疑的眼光之下，簡直是會神經失常的。

我道：「傑克上校才進去，如果主理這件案子的人，對我有任何懷疑，可以向傑克上校，詢問有關我的資料，我會隨傳隨到！」

我沒有向那警員說及我和王其英「認識」的經過，我根本不想說，立時轉身，向前走去。

天很冷，天黑之後，街上的行人，都有一種倉皇之感，在路上走，本來是不應該有什麼異特感覺的，但是我忽然感到有一點恐懼。

這種恐懼感的由來，是我想起了白天在街上的那一幕，那麼多人，看來好像是一個整齊而有秩序的整體，但是，可以斷定，其中的一個，忽然口吐白沫，倒在地上的話，決不會有人向之多看一眼。

那麼多人在街上走，但事實上，每一個人都是孤獨的，每一個人，和獨自一個人，在荒涼的月球上踱步，相差無幾。

而如果讓我選擇的話，我寧願選擇在月球上獨自踱步，當你肯定四周圍絕沒有別人的時候，至少，可以不必防範別人對你的侵犯。

我忽然又發現，不但冷漠，還有懷疑和不信任，我相信我自己一定也不能例外，我腳步加快，只求快一點離開擁擠的人叢。

回到了家中，關起門來，心裏才有了一種安全感，可是就在這時，電話鈴突然又響起來。

我實在有點不願意聽電話，可是電話鈴不斷響着，我嘆了一聲，走過去，拿起了電話來，傑克上校的聲音，我是一聽就可以聽得出來的，他的聲調很急促，不等我出聲，就道：「衛，看來又有一件很奇怪的事，你一定有興趣。」

我略停了一停，才道：「我未必一定有興趣。」

也許是我口氣聽來很冷淡，所以傑克也窒了一窒，語氣也沒有那麼興奮了，他道：「你應該有興趣，這件事，和你也有一點關係，那個在街上被你制服的瘋子，他說了一個很無稽的故事。」

我多少有點興趣了：「我知道這個故事，在幾天之前，他就對我說過，是不是和一柄鑰匙、一個神秘地址有關的？」

傑克上校高叫起來，道：「你對於這個人的事，究竟知道多少？」

我道：「不多，但可能比你多？」

上校立時道：「衛，請你來一次，這件事很值得商量，請你來一次！」

我打了一個呵欠，用很疲倦的聲音道：「對不起，我不是你的部下，而且事情與我無關，不過，如果你想知道多一點，我歡迎你來。」

傑克上校苦笑了一下：「你這種脾氣，什麼時候肯改？」

我笑了一下：「只要我不必求別人什麼，這個脾氣很難改。」

上校道：「好，算你說得有理，你在家裏等我，我立刻就來。」

我放下電話，來回踱了幾步，心中也感到十分疑惑，在這樣的大城市中，一個瘋漢，在路上操刀殺人，根本不是一件新聞，一年之內，至少也有十幾宗，這種事，何必勞動傑克上校這樣的警方高級人員來處理呢？

第二部

大批珍寶價值連城

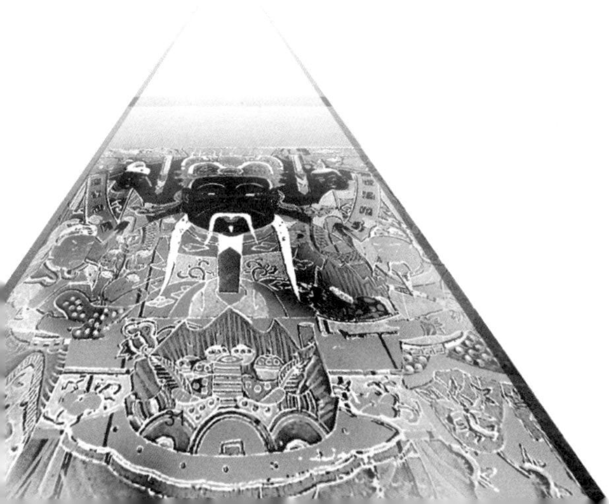

上校說，王其英向他說了一個荒誕的故事，自然就是那枚金鑰匙和那個神秘地址，那麼，王其英的發瘋，是不是和這件事有關呢？

我想了一會，坐了下來，聽着音樂，直到門鈴響，我走過去開門，打開了門，我不禁呆了一呆。

我早就知道傑克上校要來，所以看到了他，是沒有理由吃驚的，可是我想不到的是，在上校的後面，還跟着很多人，好大的陣仗。

在他身後的，是兩個高級警官，再後面，是四個警員，還有幾個穿着便衣的人，押着王其英。

王其英的身上，穿着一件白帆布的衣服，是神經病院給瘋人穿的那種，袖子上有繩子，將病人的雙臂，緊緊地縛在一起。

一看到那麼多人，我立時道：「噯，這算什麼？」

傑克上校攤了攤手：「沒有辦法，你既然不肯來，自然只好我們來了！」

我苦笑了一下，上校可真算是惡作劇的了，我只好後退了一步：「請進來！」

傑克上校和所有的人，全走了進來，王其英在街頭操刀傷人的時候，樣子十分駭人，可是這時候，他卻低着頭，一聲也不出。

那兩個便衣大漢，站在王其英的身邊，想來是準備一有異動，就可以制服他。我仍然皺着眉，問傑克道：「你帶這麼多人來我這裏幹什麼？」

傑克向我作了一個手勢，示意我先別發問，他轉過頭，大聲叫道：「王其英！」

王其英像是沒聽到傑克的叫喚一樣，仍然低着頭。傑克又叫了他一聲，問道：「你將那柄金鑰匙怎麼了？」

王其英震動一下，抬起頭來，卻不望向傑克，而向我望來。他望了我一眼，才道：「我賣不出去，只好到那地方去！」

傑克問道：「到了那地方之後，發生些什麼事情？」

王其英呆了一呆，他的雙眼發直，看來就像是死魚珠子一樣，十分駭人。瞪了半晌眼，他忽然怪笑了起來，不斷地笑着，而且愈笑，聲音愈是難聽，到後來，簡直不像是在笑，而是在哭了。

傑克上校揮着手，大聲道：「行了，行了！」

王其英倒也聽話，上校一喝，他立時止住了笑聲，雙眼又發起直來，傑克上校又問道：「那地址是什麼地方，你告訴我。」

王其英仍然發着呆，一點沒有反應，傑克上校轉過頭來：「你看，他是真瘋，不是假瘋，專家已經檢查過他，我可以斷定，他神經失常，是和他到那地方去有關。」

我已經知道，繼續下來，傑克上校要問我什麼了，我皺住眉，在竭力想着，可是真要命得很，王其英曾給我看過那張字條，可是，寫在上面的地址，我實在是記不起來了，真記不起來了！

傑克上校果然問道：「衛，你和他見過面，是知道他到的是什麼地方？」

我嘆了一聲，將那天晚上，我和王其英在街上遇到的事，和傑克講了一遍，當傑克現出興奮的神色之際，我嘆了一聲：「我實在記不起那地址來了！」

傑克瞪大了眼睛望着我，一臉不相信的神色。

他望了我片刻，才道：「你的記憶力十分超人，我真的不信你真會記不起來。」

我向傑克攤了攤雙手：「我當時完全沒有留意，因為我根本不相信他的話，等一等，我記起來了！」

我真的記起來了，多少有一點印象，傑克上校立時雙眼發光，我道：「是安德臣路。」

傑克上校忙道：「幾號？幾樓？」

我苦笑道：「上校，我只有一點極薄弱的印象，是不是安德臣路，我也不能肯定，可能是安遠路，也可能是達成路，可能是安德魯路，幾號幾樓，我真的記不清了，為什麼你不要精神病專家，誘導王其英講出來？」

傑克上校道：「我們試過，完全失敗，而且專家說，短期內不會有希望。」

我道：「那就慢慢來好了，何必這樣緊張？」

上校嘆了一聲，道：「本來倒是可以慢慢來的，但是事情很古怪——你見過他的那柄金鑰匙麼？」

我點頭道：「見過，當時他願意低價賣給我！」

傑克上校又問道：「你看過那鑰匙是金的？」

我道：「是的，我可以肯定，但當時我想，那是一個騙局的開始，所有的騙局都有餌，而愈是誘人的餌，騙局愈越大。」

傑克道：「是的，但是你對這些東西，又有什麼意見？」他説着，自一隻公文包中，取出一條相當寬的皮帶來，這條皮帶，我倒有記憶，當我在街上打倒王其英的時候，看到王其英圍在腰際，那是一條黑色的、兩吋寬的皮帶。這時，上校取了出來，我很奇怪，道：「這條皮帶怎麼了，有什麼不妥？」上校將那條皮帶遞了給我，我一接過手，就覺得這條皮帶，厚得出奇，足有半吋，也相當重，我望了上校一眼，將皮帶放在桌上：「這條皮帶，可能有夾層。」

上校道：「是的，你目光很鋭利，那麼，請你打開這皮帶的夾層來看看。」

既然肯定了皮帶的夾層，要打開來看，也不是難事，我找了一找，就拉開了皮帶的一端，皮帶自中揭起，一條變成了兩條。

而在皮帶變成了兩條之際，我整個人都呆住了。皮帶的夾層，並不是全空的，而是根據藏在夾層中東西的大小而鏤成一個個空格，每一個空格，大小不一，最大的那個，有兩平方寸，在這個方格之中，是一塊可以說是十全十美的黑色閃山雲。「閃山雲」就是普通稱之為「奧浦」的那種寶石，以黑色的最罕見，而所謂黑色，其實也是一種接近深紫色的色澤，再加以其他的變幻無定的色彩，真是美麗得難以形容。我從來就喜歡珠寶，而且也見識過不少，像這樣的黑色閃山雲，我也見過，不過比起這一塊的大小來，簡直是小巫見大巫了。然而，這一方黑色的閃山雲，和其他的東西比較起來，卻也不算什麼了。

在七個菱形方格中，是七顆顏色不同的寶石，包括有淺紅色、淺紫色和純青白色的最高級鑽石在內，估計每一顆都在三十卡拉以上。

而在鑽石之旁的，是紅寶石、藍寶石和祖母綠，哥倫比亞的祖母綠，大塊的極其罕見，而這裏的七塊，每一塊都在四十卡拉左右，碧綠的透明體中，有着極其易見的「蟬翼」。「蟬翼」是祖母綠寶石中一種裂紋的俗稱，也是鑑定祖母綠寶石的憑藉。

那些紅寶石的美麗，我無法形容，它們的形狀不一，有的呈梨形，有的是菱形，光輝奪目，看得人幾乎連氣也喘不過來。

我呆呆地望着，一聲不出。過了很久，我才聽到上校的聲音：「你的意見怎樣？」

我長長地吁了一口氣，道：「天，我從來也沒有在同一個時間內，見過那麼多，那麼完美的寶石！」

傑克上校道：「我還未曾找珠寶商去鑑定過，但是，那是真的，是不是？」

我又吸了一口氣：「如果假的寶石能製成這樣，還會有人去買真的寶石麼？這些東西——」

上校指着王其英：「是他的，或者說在他身上發現的！」

我立時向王其英望去，王其英仍然瞪着眼，一點表情也沒有，好像根本未曾看到眼前的一切。

傑克上校問道：「你看它們值多少？」

我搖了搖頭，道：「那太難說了，但是我想，這一條皮帶，足可以換繁盛商業區，十幢三十層高的大廈，連地皮一起算在內！」

傑克上校苦笑了一下：「現在你該知道，我為什麼一定要問這個地址來了，我相信——」

我立時打斷了上校的話頭：「那是不可能的，誰會將這些值錢的東西，送給一個流浪漢？」

上校大聲道：「那麼，這些東西，是哪裏來的？如果是他早已有的，他為什麼還會在街頭流浪？」

我無法回答這個問題，相信除了王其英一個人之外，沒有人能夠回答這個問題，我向王其英走過去：「你認識我，是不是？」

王其英望了我半晌，才點了點頭。

我又問道：「你到過那張字條所寫的地址？」

王其英呆了很久，才又點了點頭。

我耐着性子等他點頭，才又問道：「在那地方，你見了什麼人？發生了什麼事？」

這一次，王其英的反應，來得極快，他陡地怪笑了起來，那情形和剛才，傑克上校問他的時候，一模一樣，不斷笑着，到後來，簡直是在哭了。

傑克上校又大聲喝道：「夠了！」

王其英又立時靜了下來。

我轉過身：「上校，你根據我記得的、可能的那幾條路名去調查，請將王其英留在我這裏。」

傑克考慮了一會：「好的，在你看來，這是一件什麼性質的事？」

我苦笑着，搖着頭：「無法想像。」

上校道：「是不是有人想利用他來走私？」

我立時道：「絕不可能，沒有人會神經到將那樣值錢的東西，交給一個流浪漢的！」

傑克上校道：「所以我帶他來見你，是有道理的，你想在他的身上，探聽出什麼來？」

我又向神情癡呆的王其英望了一眼，道：「現在我也不知道能在他口中探聽到什麼，只好慢慢來。」

我轉頭對傑克上校道：「還有，你對於我說的地址，不必寄太大的希望，因為我不確定是不是那條路！」

傑克上校望了我片刻，好像還有點不明白我這樣說是什麼意思，然後才道：「好的，我只管去試試，不過這個人——可能有危險！」

他在說到這個人的時候，向王其英指了一指。

我微微一笑：「我還可以應付得了他！」

傑克上校又和那兩個看來是神經病院的人講了幾句，那兩個人點了點頭，這許多人都陸續離去，只剩下了我和王其英兩人。

我第一件事，就是取出了一柄小刀，割斷了綁住王其英衣袖的繩子，王其英的雙臂，垂了下來，他抬起頭來，很奇怪地望着我。

我向他攤了攤手：「王先生，我們可以好好談一談，請坐！」

我特地將「請坐」兩字的語氣加強，因為我不知道他是不是聽得懂我的話，因為看來他神經已然失常。

第三部

珍寶來源神秘成謎

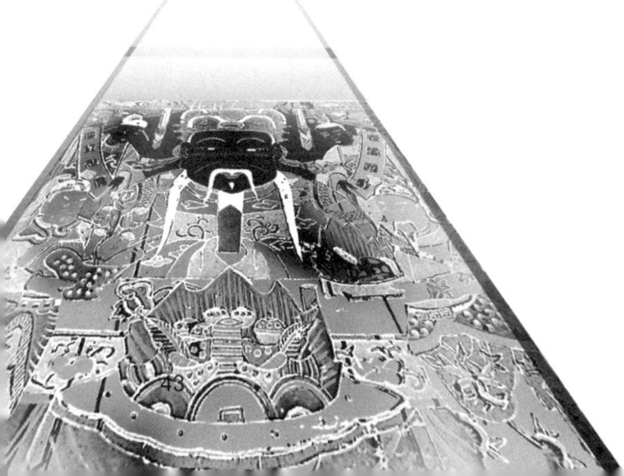

果然，王其英聽得我那樣說法，只是呆呆地站着，一點反應也沒有。

我向一張椅子指了一指，又道：「請坐！」

這一次，他的反應好了些，轉過頭去，向那張椅子，望了一眼，他慢慢轉過身，向前走去，來到了椅子之前，坐了下來。

這使我十分高興，因為他終於聽得懂我的話了，只要他可以聽得懂我的話，我們就可以交談，自然，我也可以弄明白他究竟遇到了一些什麼事。

等他坐了下來之後，我倒了一杯酒給他，他也很正常地接過了酒杯，可是卻呆呆地望着我，我自己也舉着一杯酒，先當着他的面，一口喝乾了酒，他也學着我，一口吞下了半杯酒。

他喝下了半杯酒之後，吁了一口氣，神情好像活動了些，我盡量使自己的聲音，變得平和：「我們不是第一次見面。」

王其英沒有什麼特別的反應，只是側着頭望定了我，像是在考慮我這樣問他是什麼意思。

我又道：「你一定還記得，那天在街上，你撞在我身上，要將一柄金鑰匙賣給我。」

當我一講到「金鑰匙」三個字之際，王其英陡地震動了一下，抓住空酒杯的手，也有點發抖。

這使我更高興，因為他對這件事，至少對這柄金鑰匙，已經有了印象。

我並沒有催促他，等着他的反應。我等了很久，才聽得他喃喃地道：「那柄金鑰匙，我要賣給人家，可是沒有人要……沒有人要。」

聽得他那樣講，我猜想除了我之外，他還曾試過去向別人兜售，但是結果，當然是賣不出去。

我吸了一口氣，正想說話，王其英的神情，突然變得激動起來：「為什麼！我講的每一個字，都是實話，為什麼沒有人相信，為什麼？」

他一面說，一面雙眼直盯着我！

我在他這種充滿責備的神色之下，感到十分不舒服。本來，我可以和他說一些別的話，但是他既然是一個不正常的人，我似乎不能用對付常人的辦法，所以我直截了當地道：「是的，沒有人相信你，當時我也不相信你，但我知道我錯了，你說的每一個字，都是真的！」

我在準備這樣說的時候，也只不過是為了博取他的好感，使他能對我說更多的實情。我也想不到，他在聽得我那樣說的時候，竟然會如此之激動！

他陡地站了起來，用力拋開了手中的酒杯，緊緊地握住了我的手，顫聲道：「你相信我，你真的相信我？你真的相信我？」

他重複着同一個問題，而眼中現出十分懇切的神色來，我忙道：「真的，我相信你！」

王其英長長地吁了一口氣，然後，再向我靠近些，壓低了聲音，又道：「那麼，你是不是願意相信，我已經是大富翁了？」

如果我剛才，不是曾看到過那條皮帶之中所藏的那麼多珍寶，那麼，我一定以為他是在胡言亂語，但是，那皮帶中所藏的那些珠寶如果全是屬於他的話，那麼，他當然可以躋身於富豪之列！

我吸了一口氣，他將我的手臂，握得更緊，像是唯恐我不相信一樣，我用很鄭重的聲音道：「是的，我相信，你是富翁了！」

他笑了起來，笑得十分純真，好像人家相信他是一個富翁，比他是一個富翁更重要。

他一面笑着，一面神態顯得更神秘：「我是富翁，他們不相信我，所有不相信我的人，我要殺他們，用刀斬他們！」

我呆呆地望着他，他的那種想法很奇怪，我不是一個心理學家，但是，我也至此可以想像得到，他之所以會在馬路上操刀傷人，自然全由於長期以來的抑遏，忽然之間，他成了巨富，可是卻沒有人相信他，因而造成極度的刺激所造成的。

我嘆了一聲：「其實那也不必，你不必要人相信你，自己成為富翁就可以了！」

王其英陡地厲聲叫道：「不行，我要所有的人全相信我，我要給他們看我的財物！」

他一面說，一面伸手向腰際摸去。

在那一剎間，我已經知道有點不對頭了，他向腰際摸去自然是想取那條皮帶，而他在那時候去取這條皮帶，當然是知道皮帶之內，藏着什麼的。

可是事實上，那條皮帶在傑克上校的手中，而不在他身上。當時傑克上校取走皮帶之際，他在極度失常的狀態之下，根本不記得有這回事，現在他已經比較正常一點，所以記了起來。

但如果他發現那條皮帶不在他身上的話，他會怎樣呢？我還未想到這一點的答案，事情已經發生了。

王其英先是一隻手摸在腰上，接着，兩隻手按在腰上，再接着，低下頭去一看。

然後，他陡地發出了一下裂帛也似的呼叫聲，整個人，陡地向我撲了過來。剎那間，他變得如此之瘋狂，甚至也不像一頭正常的野獸，而是一頭徹底發了瘋的野獸。

他一撲向前，雙手就向我的臉上，抓了過來，我一側頭，避了開去，總算沒有給他抓中臉，但是還是給他抓住了頭髮。

而自他臉上那種恐怖的神情看來，他真可能抓住我的頭髮不放，連我的頭皮都扯了下來的，所以我不能不自衞，我立時一拳揮出，擊向他的臉。

那一拳，我用的力道十分大，一拳擊中了他之後，手臂立時向上抬，撞在他的手腕之上，將他抓住我頭髮的手打脱。

王其英立時仰天跌倒，撞倒了一張沙發，人翻過了沙發，跌在地上，而我雖然打脱了他的手，頭髮也被他扯得十分痛，我不禁惱怒起來，厲聲道：「你幹什麼？」

王其英倒在地上，掙扎了一下，看他的樣子，像是想站起來，不過可能我剛才的一拳實在太重了，是以他撐了一下，仍然跌了下去。

他伏在地上，號啕大哭起來，哭得如此之傷心，淚水如泉湧出，一面哭，一面叫道：「不見了，我的所有東西，全不見了！」

我一面搖着頭，一面向他走過去。

王其英仍然在不斷哭着、叫着，我來到了他的面前：「究竟什麼不見了？」

他理也不理我，我陡地用力一腳，踢在他的身上，將他踢得打了一個滾。

想不到這一踢，居然起了作用，他在打了一個滾之後，坐了起來，不再號哭，只是望着我。

我又問他：「你什麼東西不見了？」

王其英低下頭去，一聲不出。

我又道：「一條皮帶，裏面藏着價值無法估計的鑽石和寶石？」

王其英又陡地跳了起來：「是你偷走的！」

我用很冷靜的聲音道：「不是，東西在警方手裏，如果你能證明那是你的，毫無困難，就可以拿回來。」

王其英大叫了起來：「快帶我去，快帶我去拿回來，那全是我的，全是我的財產，那些東西全是我的！」

他奔了過來，拉住了我，拖我向外便走，看樣子是想將我拖到警局去，將「屬於他的財富」取回來。

我大聲道：「等一等，我有話要問你！」

王其英站定，雙手叉了腰，瞪大了眼，擺出了一副神氣活現的神情：「我現在是有錢人，你怎麼不聽我的話？」

我不禁又是好氣，又是好笑，道：「有一個古老的故事，不知道你聽過沒有？」

王其英頭向上一揚，自鼻子眼裏，發出「哼」地一聲：「誰耐煩聽你的故事？」

他還穿着瘋人院裏的衣服，而且，在他還是流浪漢的時候，我也見過他，不過這時候，他倒真的不同了，那副腔調，十足是一個大亨！

我瞪着他，道：「你有錢，是你的事，有富翁對窮人說：『我有錢，你應該聽我的話。』窮人問他為什麼，你怎麼回答？」

王其英道：「太容易了，我可以給他錢。」

我笑道：「給多少？」

王其英豪氣干雲：「給一半！」

我忍不住笑了起來，道：「故事中的那富人也這樣說，窮人回答道：『你給了我一半錢，我和你一樣了，為什麼要聽你的指使！』富人說：『我將我的錢全給你？』窮人說：『你的錢全給了我，我是富人，你是窮人，你應該聽我的指使了！』」

王其英望着我，呆了半晌，說不出話來。

我笑了一下，伸手拍着他的肩頭：「現在你明白了，有錢。當然比沒有錢要好得多，但是有了錢，並不等於有了一切，你明白麼？」

王其英坐了下來，喃喃地道：「可是，我真的有錢了，真正有錢了！」

我正色地道：「當你的神志不怎麼清醒的時候，我看到過那些珠寶，那是一些價值連城的珠寶，每一塊都不得了，你有印象？」

王其英的神情，顯得十分緊張，像是唯恐人家吞沒了他的珍寶一樣，大聲道：「我記得的，每一顆我全記得，一共是四十八顆，少了我一顆也不行！」

我道：「不會少的，不過，這些價值連城的珠寶，你說是你的，可是來路不明！」

王其英像是被人刺了一刀也似地叫了起來：「怎麼來路不明，清清楚楚，是人家給我的！」

我已經用旁敲側擊的話，將話漸漸引到正途上來了，我立即問道：「好，那麼，是誰給你的？」

在剛才我和他一連串不停的對答之下，我想，只要我一問，他一定會立時回答我的，因為他急欲證明他的財富並非來歷不明，這其間，根本沒有時間去給他考慮是不是應該說。

但是，我卻料錯了。

當我一問出這個問題之時，王其英張開了口，看他的樣子，是想立即回答我的問題了，但是，他只張了張口，卻並沒有說出任何話來。

他只是張着口，搖了搖頭。我望着他，等他出聲，他終於出了聲可是卻道：「我不能說。」

我立時道：「你說不出來，我想警方不會將這些東西給你，因為你是一個流浪漢，你原來的財產，不會超過十元，而現在，你的財產，卻超過十億，你想想，就算你向任何法庭去投訴，相信最公正的法官，也不會將這筆財富裁定屬於你。」

王其英怔怔地聽我說着，等我說完，他現出極其傷心的神情來。

那是一種真正的傷心，絕不是裝出來的，他也不是想哭，而是一種極度的惘然和木然，那情形就像是一個人辛辛苦苦賺了很多錢，忽然在一夜之間，化為烏有一樣。

我向他攤了攤手：「所以，你要想得回那些珍寶，一定要說出它們的來源，你可以告訴我，我能替你作證，使你得到它們！」

王其英的神經，看來又開始不正常了，他喃喃地道：「是我的，那些東西，全是我的！」

他一面說，一面雙眼發直，向外走去，我走過去拉住他，但是他的氣力變得極大，一下子就推開了我，在猝不及防之下，我被他推倒在地，而他卻向外奔去。

我曾看到過他在街上，操刀傷人，看來由他奔到街外去，那是一件十分危險的事。我連忙打了一個滾，伸手拉住他。

那一拉，令得他也跌了下來，我立時用膝頂住他的背部，將他的雙臂反扭過來，用袖口的繩子，將他的雙臂反綁。

我將他綁起之後，雖然他在掙扎，我還是將他提了起來，拋在沙發上。

他一被我拋在沙發上就鎮定了下來，他低着頭，一動不動。

我又和他說了幾句話，但是他只低着頭，一聲也不出。

我嘆了一口氣，在他的對面，坐了下來，就在這時，電話鈴響了起來，我拿起電話就聽到，傑克上校的聲音，他怒氣沖沖地道：「喂，你和我開什麼玩笑，全市都找不到安德臣路。」

我心中也有氣，立時道：「我早就告訴過你了，我可能記不清，你可以找相同的路名。」

傑克上校道：「安字頭的路，有幾十條，你叫我怎麼去找？」

我也不知道是哪裏來的脾氣，厲聲道：「那是你的事情，不是我的事情。」

上校呆了半晌，語氣放得緩和了些：「那麼，你在那瘋子身上，得到了什麼？」

我望着王其英，他仍然低着頭，我怒道：「那也是你的事，你快來將他帶回去吧！」

我愈是發怒，上校的脾氣，愈是變得和緩：「別生氣，我不是故意的，我想這瘋子暫時還是留在你這裏的好，至少你可以問出一些問題來。」

我嘆了一聲：「好吧，不過，他堅持那些珠寶是他的，一共是四十八顆。」

上校道：「對，四十八顆，一個專家剛來檢驗過，全是真的，我請他估計價值，他搖頭，說無法估計，他說他從來沒有見過那麼多精美的珍寶，而且，他還說，這些精品，並沒有紀錄。」

我明白「沒有紀錄」的意思，因為所有的珍貴的寶石，全是很出名的，交易和保存者，都有一定的紀錄，而這些沒有紀錄的寶石，當然大有問題。

我問道：「那麼，這位專家是不是認為，可能是由其他的著名寶石切割開來的？」

上校道：「我也這樣問過他，但是他說沒有這個可能，因為有幾塊鑽石，同類型的，不但質地不如，而且還沒有它的一半大！」

我苦笑了一下：「這倒真是奇怪了，看來我要好好招待這個富翁才是！」

上校道：「最要緊，是查明這些珠寶的來源！」

我放下了電話，望着王其英。

王其英仍然低着頭，我也在想這批珠寶的來源。

在地球上，能擁有這麼多珍寶的，好像只有幾類人，一類是阿拉伯的酋長，一類是印度的土王，一類是中國境內，大廟中的僧人，尤其是西藏的喇嘛、西康境內的土司等。

可是，這些人，王其英不會有機會碰到，那麼，這批珠寶，究竟是從何而來？

我一面想，一面不住輕輕地用手指，叩着自己的額角。

我在後悔，何以那天，在街上遇見王其英的時候，當他給我看那柄金鑰匙的時候，當他給我看那張字條之際，我竟然會如此不在意，以致現在，完全想不起那個地址來。

一切事情，自然是在王其英到了那個地址之後發生的，也就是說，只要我能夠記得起這個地址，那麼，根本就什麼問題都沒有了。

我嘆了一口氣，又向王其英望去，只見王其英又在喃喃自語，他的語聲很低，我也聽不清楚，本來，我想再向他問一些問題，可是剎那之間，我改變了主意。

因為這時候，天色已經開始黑了下來，室內沒有開燈，很昏暗，這種環境，對於一個在心理上有恐懼的人，會產生一種安全感。

而且，看王其英的情形，他像是根本不當另外還有人在，只是一個人在自言自語。一個人自言自語的結果，可能會道出一個人心底的秘密來，這比我去問他，再引起他心中的恐懼要好得多了。

所以，我決定不出聲，非但不出聲，而且將自己縮在沙發的一角。

室中愈來愈黑暗，王其英仍在自語，而他的聲音也提高了一些，至少，我已經可以聽得清楚了。

王其英在不斷重複着的，其實還只不過是兩句話，他在說：「這是我的，這些東西，全是我的。」

不過，在重複地聽了幾十遍之後，他忽然又加了一句：「這些東西，全是他們給我的！」

在這時候，我真想追問他一句：「他們是什麼人？」

不過，我還是忍住了沒有出口，我想聽他繼續説下去。奇怪的是，王其英居然也説出了同一句話：「他們是什麼人呢？」

當他在這樣自己問自己之際，他的頭腦，好像清醒了一些，抬起頭來。他一抬頭，就看到了我，立時震動了一下：「你説過，只要我不説出來源，那些珠寶，就永遠是我的，是不是？」

我乍一聽得他如此説法，不禁陡地一呆，一時之間，完全不明白是什麼意思。

但是，我隨即明白了！

在朦朧的黑暗之中，他認不清人，他將我當作是在那個地址中給他珠寶的那個人了！

在那一剎間，我必須有所決定，我是將錯就錯呢？還是指出他的錯誤？

我的決定來得很快，我決定什麼也不做，只是仍然一動也不動地坐着。

王其英呆了片刻，又問道：「是不是？」

我在他一再追問之下，不能不有所表示，所以緩緩點了點頭。

王其英立時大大地鬆了一口氣，樣子像是很安慰，喃喃地道：「那就好了，我沒有說，不論他們怎麼問，我都沒有說出來。」

我心中暗罵了一句，但是我接着，便原諒了王其英。試想，一個流浪漢，忽然之間，有了這樣的一筆財富，這筆財富，是別人給他的，他當然完全聽從，如果那個人曾吩咐過他不要對任何人說財富的來源。

我略停了一停，趁着天色朦朧，我用十分含糊的聲音道：「對，你做得對。」

王其英忽然站了起來，向我走來，在那一剎間，我倒真的十分吃驚，我立時道：「坐下！」

我是怕他走到了我的面前，認出了我是什麼人，那麼，就什麼都不會對我講了，這時，他究竟是在神經不很正常的情形之下，讓他繼續錯認下去，對了解他的經歷，有很大用處。

我這突如其來的一喝，在喝叫出來的時候，我自己也想不到會有用，可是王其英卻再聽話也沒有，我才一出聲，他立時坐了下來。

而且他一坐下來之後，立時道：「我該怎麼辦呢？那些東西，全落到了警方的手中，如果我提不出證明來，就不能屬於我所有了。」

對於他的這個問題，我也無法回答，我只好道：「你的東西，怎麼會到警方手中去的？」

王其英托着頭，像是盡量在想着事情是怎樣發生的，我望着他，一直不出聲。

過了好半晌，王其英才嚷了一聲：「我記不清楚了，真的記不清了，據他們說。好像是我拿一把刀，在街上傷人，其實，我不想傷人的……」

他講到這裏，已經完全變得喃喃自語了，他道：「我不會傷人，我怎麼會去傷人？不過我已經有了錢，他們完全不相信，沒有人當我是有錢人，為什麼每一個有錢人都有人尊敬，獨獨我沒有，我只覺得心中很憤怒，我不知道我會去傷人！」

他一直在自己講話，我也不知道如何接口才好，只好聽着。等到他講的話告了一個段落，我又用很含糊的聲音道：「你為什麼不先去變賣一顆寶石。將自己打扮成一個有錢人？」

我這樣說，是很自然而然的事，可能我的話，所引起的事情，卻是我絕想不到的。王其英先是身子陡地向上一挺，接着，陡地哭了起來。

他真正哭得傷心，他一面哭，一面像是十分委曲地道：「要是賣得出去，早就將那柄金鑰匙賣了，怎麼還會到你們這裏來？我不是沒有試過，可是，當時我就幾乎被人抓了起來，我幾乎被人打出來，我……沒有錢，雖然我有那麼多財富，我是極富有的人，可是我沒有錢，沒有錢……」

他一面說，一面哭着，哭得十分傷心，我迅速地轉着念：在現在這樣的情形下，我應該怎麼辦呢？我是不是應該告訴他，他必須說出這些東西的確切來源，才能得到它，而且，必須公開這些東西是屬於他所有的，才會有人來向他買，他才能真將這些東西變成錢。

但是我隨即想到，我的目的，並不是幫助他，使他成為一個富人，而是要弄明白，那麼多世界罕有的珍寶，究竟是哪裏來的！

第四部

跟蹤失敗處境狼狽

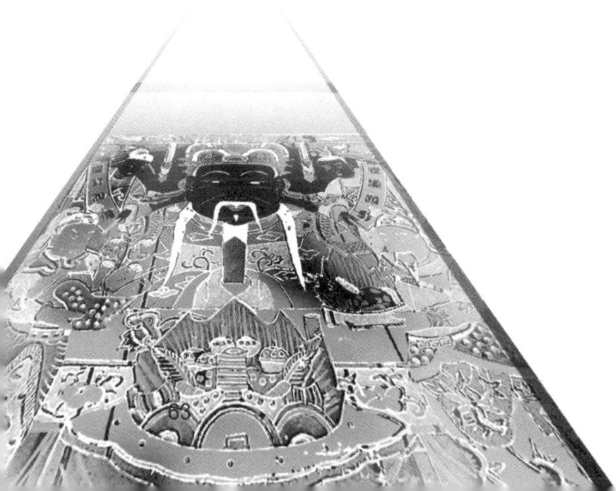

正當我在想，我該如何對付他之際，忽然機會來了，他仍然在哭着，但是在抹着眼淚：「你們能不能再慷慨些，給我一點錢，現錢？」

一聽得他那樣説法，我的心中，陡地一動，我沉聲道：「可以，但不是現在。」

王其英的聲音，聽來十分焦急：「什麼時候？什麼時候？」

我沉重地道：「你現在先走，仍然像上次一樣，午夜時來找我們。」

王其英喃喃地道：「仍然像上次一樣，午夜時來，不過……不過……不過沒有那柄金鑰匙，我怎麼進來呢？」

這時，我心頭狂跳，一時之間，高興得難以形容，因為我的辦法已經成功了！

王其英無論如何不肯説出他去過的地方來，而我又記不起，那麼，最好的辦法，就是他再去；而我跟着他，這樣就得來全不費功夫了。

所以，我立時道：「不要緊的，這次，你雖然沒有金鑰匙，但是我答應你，到時，你一定可以進來。」

王其英側着頭，考慮了半晌，像是在考慮我的話，是不是可靠。不過看起情形來，他終於相信了我的話，他慢慢站了起來。

當他站起來的時候，我連忙轉過身去，以免他認出我是什麼人來。我轉過身，就看到他急忙向外走了出去，到了門口，停了一停，然後拉開了門。

門一開，一股寒風，直撲了進來，令得我也不禁打了一個寒戰，王其英在門口略站了一站，就走了出去，連門也不關。

一等他走出去，我立時跳了起來。

我這時這樣做法，其實相當危險，現在天雖然已經很黑，但是也不過八點左右，到午夜，還有四小時，誰知道在這四小時之內，他會做出什麼事來？但是我卻必須那樣做，不那樣的話，就不能知道他究竟到什麼地方去。而最好的辦法，自然就是現在開始，我就跟蹤他！

我立時拉起一件大衣，一面穿着，一面也向外奔去，一腳踢上了門，當我奔出門的時候，我還可以看到，王其英正在對街，貼着牆，慢慢走着。

我立時也過了馬路，王其英顯然沒有注意我，倒是路上的人，雖然每一個人都急於在趕路，但是看到王其英身上的衣服，背縛着的雙手，都投以一種奇怪的眼色。

這時候，我心中不禁暗叫了一聲「糟糕」，我叫王其英走，但是卻忘記了解開他反縛着的雙手，像他這樣的情形，途人或者只不過投以奇異的眼光，但是他決不可能在四小時之內不碰到警察，而任何的警員一看到他這樣的情形，必然前來盤問，而如果一有警員盤問，我的一切安排，只怕全白費了。

我一想到這一點，加快了腳步，來到了離他相當近的地方，他似在慢慢向前走着，我在想，如何才能將縛住他手的繩子弄斷。

但是我卻不敢叫住他，事情不至太糟糕的是，他這時走路的姿勢，看來有點像背負雙手在散步，有一個警員在不遠處走了過來，也只不過向他望了一眼，並沒有過來干涉他什麼。

我離得王其英更近了些，倒不是我有什麼的辦法可以替他弄開背縛雙手的繩子，而是萬一有人來干涉他的話，我或者可以先去阻擋一下不至於破壞我的計劃。

世上的事情是很奇妙的，當你以為會有意外發生的時候，意外不一定會來，王其英晃晃悠悠，在馬路上走了半小時之久，竟沒有發生什麼事，而他在來到了一個街角之後，又蹲了下來。流浪漢蹲在街角，是不會有什麼人去注意他的。

我站在他不遠處的另一個牆角上，注視着他，不一會，我就明白他為什麼選擇在這裏蹲下來的原因了，因為在對街的一座大廈上，有着一座大鐘。

王其英是在等着，等着午夜，到那地方去。

這時候，大鐘敲了起來，連續地敲了九下，王其英抬頭看了一下鐘，又低下頭去。

他既然沒有什麼動作，我也只好耐着性子等下去。

我燃着了一支煙，吸着，一面打量着來往的途人。

沒有人注意王其英，也沒有人來注意我。

時間過得極慢，好不容易，大鐘又響了起來，敲了十下，那是十點鐘了。

和九點鐘的時候一樣，王其英仍然只是抬起頭來，看了一下，又低下頭去。

這時候，我還不覺得奇怪，因為離午夜還有兩小時，王其英還有的是時間。

但是，到了大鐘敲了十一下的時候，王其英的動作，仍然是這樣之際，我卻感到奇怪了。

王其英要到那個地址去，不可能有什麼交通工具，一定要步行，難道那個地址，離他現在所在的地方，步行不需要一小時的時間？

我的目的是跟蹤王其英，他不動，我自然只好繼續再等下去，這時候，街上的行人已漸漸少了，寒風也愈來愈勁，我豎起了大衣領。

這時，由於我的焦急，時間好像過得更慢了，好不容易到了十一點半，大鐘「噹」的一聲，王其英才站了起來，我陡地震動了一下，王其英站了起來，那是表示，他要到那地方去了。而現在是十一時半，離午夜只不過半小時，難道那地方如此之近，他步行半小時就可以到達！還是他的神志，根本不是十分清醒。是以估計錯誤？

剛才他蹲着不動，我還是等得不耐煩，但這時，我看到他站了起來，並且向前走了出去，我的心情，突然變得緊張起來了。

王其英向前走着，但是走得並不太快，看到他像是還有十分充裕的時間一樣，我看了手表，已經是十一時四十五分了，但是他還是在市區之內！

我不禁有點疑惑起來了，王其英究竟是在搗什麼鬼呢？他難道不想到那地方去了？

我雖然不記得那個地方，但是在我的印象之中，那個地方，王其英既然有這樣怪異的遭遇，那麼，這個地方一定十分神秘，也應該在一個很偏僻的地方才是，何以王其英還在鬧市之中徘徊？

可是這時候，我卻沒有別的辦法可想，我不能上去問他，只好跟着他。

心裏愈是焦急，時間過得愈快，轉眼之間，已經是十一時五十五分，還剩下五分鐘，可是要命的王其英，竟然在一幢大廈面前，停了下來。

我心裏在暗暗地咒罵他，同時心裏在想，莫非是我的跟蹤，已經被他發現了？我正準備上去責問他，可是，才踏了一步，已看到王其英走進了那幢大廈。

那是一幢商業性的大廈，位於全市最熱鬧的一區，如果是在白天，大廈的大堂中，一定擠滿了人，要擠上電梯去，也不是容易的事。

但在接近午夜之後，卻是十分冷清，我一看到王其英走了進去，略為猶豫了一下，連忙也走向前去，當我來到大廈的門口，一看到那幢門前所釘着的那一塊銅牌之際，我不禁出力在自己頭上，拍了一下。

銅牌上鑄着那大廈的名稱：「安德大廈」。

安德大廈，這就是那地址的首幾個字，而當時我並沒有注意，是以一直以為是一個「安」字打頭的街道名字，完全記不起那是一幢大廈！

而現在，我完全記起來了，不錯，那地址的四個字，就是「安德大廈」，但是我仍然記不起是這幢大廈的哪一層和哪一個單位。

王其英的目的地就在這裏，那毫無疑問，所以我立時跟了進去。

不過，由於我在大廈的門口，略停了一停的緣故，所以當我走進去的時候，王其英已經不在了，有一架電梯，正在向上升。

我看了看大堂中的鐘，時間是十一時五十九分，顯然，王其英可以準確地在午夜十二時正，到達他要去的地方，旁邊還有兩架電梯，但是我卻不能利用電梯，我必須知道王其英到哪一樓。

我心中雖然焦急，但只好站在電梯前，仰頭看着，王其英顯然是在那上升的電梯中，他要去的是幾樓呢？電梯上的表板，在不斷亮着，電梯一直向上升，終於，在十二樓停了下來。

我一看到電梯停在十二樓，連忙進了旁邊的一架電梯，按了十二字，電梯向上升去。

我估計，我和王其英到達十二樓的時間，相差不會超過一分鐘。

電梯在十二樓停止，我立時看手表，已經過了午夜，只不過相差幾秒鐘。

當我踏出電梯的時候，心中一面在想，王其英可能還在門口等着，等那些神秘人物開門讓他進去。

而事實上，就算我走出去看不到王其英，事情也已經大有眉目，至少我已經知道了這個地址，是在安德大廈十二樓。

我一踏出電梯，立時左右看去。

和大多數商業用的大廈一樣，出電梯，是一條相當長的走廊，走廊的兩旁，全是各種類型的商業機構，走廊內的燈光明亮，我可以看到走廊兩端的盡頭。

在我搭上來的旁邊的那座電梯，也就是王其英搭上來的那輛電梯，門打開着，可知王其英的確是在這一層出了電梯。

但是，走廊中卻沒有人。我略呆了一呆，我出電梯的時候，過了午夜八秒鐘，王其英可能已經進了其中的一個單位！我在電梯門口，停了極短的時間，立即向前走去，當我向前走去的時候，我聽到，在離梯口相當近的一個單位，有人聲傳出來，我立時來到那門口，門口的招牌，是一家出入口公司。

我幾乎沒有猶疑，就立時轉動門柄，推門進去。

當我推開門的時候，那情形，實在是很尷尬的，我預期中的情形，是看到王其英和幾個神秘人物，正在晤談，如果情形是這樣的話，那麼我就可以直闖進去了。

可是，事實卻大謬不然。

當我一推開門，向內看去時，只見裏面，的確是家出入口公司，有五個職員，正在埋頭工作，其中還有兩個是女職員。

那五個職員一看到我推門進來，一致轉頭向我望來，臉上的那種驚愕的神情，簡直難以形容，我還未曾決定該如何做的時候，一個坐在一隻大保險箱前面，桌上放着幾大疊鈔票的中年人，突然伸手向桌下按去。

一看到他這種動作，我知道他要做什麼了，我忙揚起手來：「別——」

我本來是想說「別按警鐘，我弄錯地方了。」的，但是我只講出了一個字，那中年人已經按下了警鐘，大廈的警鐘，立時響了起來。

在寂靜的午夜之中，整幢大廈的警鐘一響，當真驚心動魄，我倒不怕，因為我根本不是來搶劫的，至多不過麻煩一點，解釋誤會而已，但那家公司的幾個職員，卻緊張得可以。尤其是那兩個女職員，簡直花容失色，一起都站了起來。

大廈的警鐘，仍然響着，這時候，我如果要解釋的話，必須扯直了喉嚨，講話才有人聽得見，而且，警鐘既然已經按下了，我再解釋也是多餘的了。

所以，我推着門，不動，也不出聲。

不到一分鐘，四個穿着藍色制服的大廈警衛員，已經衝了上來，他們來得如此之快，工作效率倒值得表揚，兩個警衛員立時衝到了我的身前，兩個進了公司，警鐘聲靜了下來。

我直到這時，才吁了一口氣，伸手向那位中年人指了指：「他太心急了，如果他肯聽我說，我只不過是找錯了地方，就不會有這樣的事發生了。」

在我面前的兩個警衛員，「哼」地一聲，其中一個道：「你想得倒不錯，如果他遲上一步，可能你已經得手了，舉起手來，別動！」

我只好苦笑：「兩位，你們現在要做的事，是致電報警，由警方人員，將我帶走！」

一個警衛員大聲道：「還用你教？我們早打了電話了！」

那警衛員說得不錯，因為這時候，我已經聽到，警車的警號聲，自遠而近，迅速地傳了過來。

在這樣的情形下，我也不便再說什麼了，大隊警員，不多久就衝了上來，我自然被當作搶劫的疑匪（真倒他媽的大楣，快過年了，遇上這樣的事），被扣上手銬帶走，剛才還在嚇得發抖的那幾個職員，在向警官繪聲繪影，描述我「兇神惡煞」、「突如其來」衝進來的情形，我也懶得去解釋什麼了。

我被帶到警局，戴着手銬，進了拘留所，在這個警局中，我沒有熟人，我只說了一句話，聲音很大，整個警局的人都可以聽得到，我吼叫道：「他媽的，快打電話，將傑克上校從他情婦的熱被窩中拉起來見我。」

傑克上校是不是從他情婦的熱被窩裏被拉出來的，我自然不能肯定，但是他來得十分快，而且一臉的惶急之色，倒是事實。

他一到，立時呼喝着，先將我的手銬打了開來，然後才道：「怎麼一回事？你半夜三更到那裏去幹什麼？人家正在開夜工，做年結。」

我攤了攤手：「對不起，我實在不知道現在的人，對於陌生人的警惕性，已經提高到了這一地步。」

傑克上校有點啼笑皆非，我在他的肩頭上拍了一下：「你帶幾個人，和我一起走，在路上，我和你詳細說。」

傑克上校連忙帶了幾個人，和我一起出了警局，上了車，仍然向着安德大廈駛去。

這一來一去，至少耽擱了四十分鐘，在車上，我對傑克上校，扼要地講了一下王其英認錯了人，而我將錯就錯，約他午夜再去，我如何在街上寒風中等了四個小時，再跟蹤他，最後被人當作搶匪的經過，說了一遍。

上校聽得十分興奮：「你真行，看來事情，快要水落石出了！」

我「哼」地一聲：「看來你只關心事情的水落石出，對於我被當作劫匪抓起來一事，一點也沒有歉意！」

上校苦笑了一下：「在那樣的情形下，誰知你是去幹什麼的？」

我也只好苦笑着搖了搖頭：「奇怪的是，那幾個大廈的警衛員，警鐘一響，來得好快，可是進去的時候，卻看不到他們！」

傑克上校順口道：「誰知道，或許他們正在警衛室中。」

正在說着，警車已到了安德大廈的門口，還有一輛警車停着沒有走，看到我和上校一起下車，都不勝驚訝，上校一下車，就將所有的警員，都集中了起來：「緊急任務，由我指揮一切！」

由上校帶着頭，一起走進大廈，兩個警衛員看到了我們，也極之奇怪，上校吩咐一個警官，道：「向他們拿一份十二樓所有機構的名單，在這段時間中，有沒有人離開過大廈？」

警衛員和留守的警員，都搖頭道：「沒有。」

警衛隊長還補充道：「有很多家公司在開夜工，但是他們通常都要到兩點鐘之後才離去。」

上校道：「行了，我們上去。」

所有的人，分搭三架電梯，一起到了十二樓，出了電梯，走廊中還有警員守着，那家公司的幾個職員，在門口交談着，看到了我，神情怪異，自不在話下。

上校指揮着，所有的警員，全分佈了開來，那家公司的職員，也被勸了進去。

不一會，警衛隊長和一位警官，也一起上來了，拿着一份十二樓所有機構的名單，上校要警衛隊長，將每一扇門都打開來，警衛隊長好像有點猶豫，上校怒吼着：「一切由我負責！」

上校的怒吼，有了作用，警衛隊長取出了一大串的鑰匙來，我和上校跟着他，逐間將公司的門打開來看。

上校雖然運用權力，一定要警衛隊長打開門來看，但是他沒有申請搜查令，他那樣做，是於法無據的，所以我們雖然走進了每一家公司，但是盡可能不動裏面的任何東西。

十二樓在開夜工的，只有那一家公司，其他的寫字間，全是空的，一個人也沒有。

最後，連一間存放雜物的房間也打開來看過，仍然是什麼也沒有發現。

傑克上校臉上興奮的神色消失了，立即向我瞪起了眼，我是深知上校脾氣的，對他突然向我吹鬍子瞪眼，我一點也不覺得奇怪。

我只是向他道：「一定是十二樓，我上來的時候，電梯還停在十二樓，門打開着。」

上校道：「好，那麼人呢？」

我實在有點忍不住了，但是我還是沒有發作，因為傑克上校就是這樣的人，你就算對他發作，也是沒有用的，何況，這件事，根本從頭到尾，都和我無關的，只不過是他來找我而已。

我雖然沒有發脾氣，但是我的臉色，自然也好看不到哪裏去，我攤了攤手：「算是我的錯了，再見，希望很長時間別再相見！」

我一面說着，一面便向外走去，卻不料我才走了一步，上校一伸手，就將我拉住：「等一等，你怎麼能這樣就走？」

我的火直往上冒，大聲道：「上校，我想我以前未曾見過更比你不要臉的人！」

傑克臉色鐵青，沉聲道：「你這樣說是什麼意思？」

我道：「這是你的事，我不管了！」

傑克上校冷笑了一聲：「只怕不行，我將王其英交給你，現在他不見了，你要將他交出來！」

上校在這樣講的時候，神情十分認真，我聽得他那樣講，也不禁陡地呆了一呆，不錯，王其英是他交給我的，現在，我至少應該將王其英交還給他，才能不再管這件事。可是現在事情的關鍵是：王其英在哪裏呢？

如果王其英在，那麼根本什麼問題也不存在了，如果找不到王其英，那麼，我實在不能撒手不管。

我瞪着眼講不出話來，在上校和我的爭執之中，我倒是很少落在這樣的下風過。

傑克上校顯然也感到了這一點，我想，他至少可以開心十七八天了，所以他笑了起來，居然拍着我的肩頭：「老朋友，繼續幹下去吧！」

我當時真想用一句極其粗俗的鄉下話回敬他，但是轉念一想，反正我落了下風，罵人也沒有用。而且，和傑克上校鬥氣事小，要將王其英找出來事大。

我只好苦笑了一下：道：「要我繼續幹下去，只有一個辦法，封鎖這幢大廈，任何人出入，都要檢查！」

上校大聲嚷了起來：「你在和我開玩笑？這是著名的商業大廈，每天有上萬的人出入，怎麼有可能每一個人都檢查？」

我嘆了一口氣：「那就真的沒有辦法了！」

上校也嘆了一聲：「至少我們可以封鎖到明天早上，唉，你實在不該放王其英出去的！」

我道：「可是，我至少已經知道，他獲得那些珍寶的地方，是在這幢大廈的十二樓，或者說，他見到的那些神秘人物，是在這裏！」

傑克上校望着我，過了半晌，才道：「我認為你可能給王其英愚弄了！」這一次，我真正冒火了，厲聲道：「你以為我會被一個半癡呆的人愚弄？」

上校忙道：「別發急，我們慢慢再想辦法。」

第五部

黑暗中的神秘來客

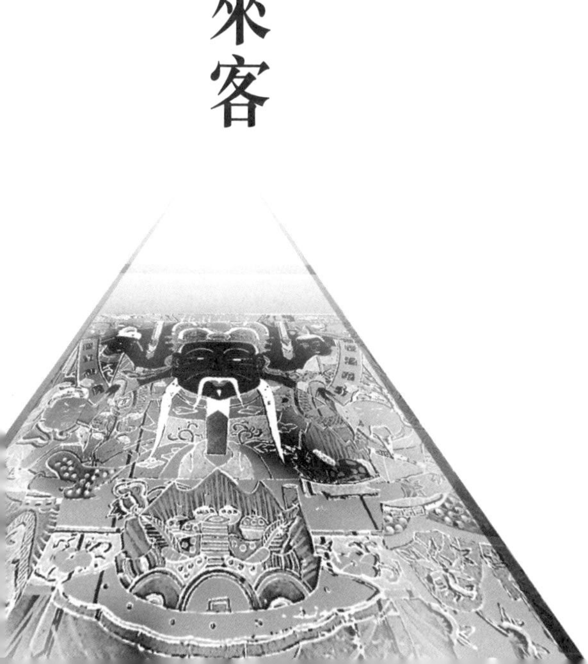

我們一面說，一面又擠進了電梯，到了下面，我一直在惱怒着，臨和傑克上校分手的時候，我還咕噥了一句：「真是見鬼，快過年了，還碰到這件事！」

上校道：「別太認真了，這究竟是一件很有趣的事！」

我沒好氣地道：「一點也沒趣，你可知道中國人對過年多麼重視，我看你雖然在中國人的社會中生活了很多年，也學了一口中國話，但仍然是一個洋鬼子！」

傑克上校有點尷尬地抓了抓頭：「當然我是洋鬼子，可是我的確不明白，為什麼同樣是一天，什麼也沒有不同，人人見面，都要道喜一番。」

我本來想將那個古老的，有關「年」的傳說講給他聽的，但是一轉念間，我想那簡直是對牛彈琴，這種洋鬼子，怎會懂得這種有着深厚民族色彩的傳說，他們上館子，也只會吃咕嚕肉和蛋炒飯！

我打了一個呵欠：「送我回去吧！」

上校和我一起登上了車，他在車上，還不肯放過我：「難道你不準備採取行動了？」

我道：「我現在並無行動可以採取，我們已經找遍了整個十二樓，不但沒有王其英，也沒有和他見過面的人，我還有什麼辦法？」

傑克上校道：「他是不是到了十二樓，再上一層，或是再下一層？」

我搖頭道：「時間上來不及。」

上校咕噥着，道：「希望他再會出現。」

我道：「關於這一點，你倒不必擔心，他一定會出現，他有那麼多珍寶在你們手裏，除非他肯放棄，不然他一定會出現。」

上校又高興了起來，手指相叩，發出了「得」地一聲響：「不錯，他一定要來領回那些珍寶，而他要領回，就一定要說出那些珍寶的來源，這樣，什麼問題都可以迎刃而解了！」

我冷笑道：「事情有這樣簡單倒好了！」

車子轉了一個彎，已快到我門口了，我在臨下車前，突然想起了一個問題，道：「傑克，這批珍寶，世間罕有，你可小心放好才是！」

傑克呆了一呆：「放在警局的保險箱中，也會不見？」

我道：「那很難說，在倫敦塔裏的皇家珠寶，一樣有人動它們的腦筋！」

上校嘆了一聲：「天地良心，這一批珠寶，真比得上倫敦塔裏的那些！」

我一面走向家門口，一面道：「或者更好！」

我打開門，揮了揮手，走了進去，關上門，我聽到警車離去的聲音。

我背靠着門，覺得很疲倦，這樣的徒勞無功，影響心情，我吸了一口氣，向前走去，也不想開燈，我向前走了一步，突然發現有什麼不對頭的地方：為什麼那麼黑？

我熟悉自己的家，就算完全不開燈，也不應該如此黑，街燈的光會射進來，多少可以朦朧看到一點東西，但是現在，卻黑得什麼也看不到！

除非是所有的窗簾全被拉上了，我的記性還不至於壞到這樣的程度，我清清楚楚記得，我出去的時候，絕沒有拉上所有的窗簾。

我立刻後退了一步，伸手靠着牆，想去開燈，而就在這時候，黑暗之中，響起了一個聲音：「別開燈，衛先生，希望和你在黑暗裏談談。」

那聲音離我不會超過十五呎，而且，我可以斷定，講這話的人，這時是坐在我平常慣坐的一張安樂椅上。

我的手，已經碰到電燈開關了，通常，只要輕輕一按，就會大放光明，而我實在也想看看那個不速之客，是什麼樣子的。

可是，我卻沒有按下去。

因為我斷定，對方既然來了，而且，一開口就要和我在黑暗中談，那麼，我就算按下開關，也一定沒有用，電燈不會亮。

與其按下掣而電燈不亮來出醜，倒不如大方一點，不去開電燈的好。

所以，我的手又縮了回來，冷笑了一聲：「你至少應該知道，你坐的那張椅子，是我坐的！」

那聲音道：「真對不起！」

在他這樣講的時候，我聽得出他向旁移開了幾呎，已坐到另一張椅子上。

我逕直向前走去，雖然眼前漆黑，什麼也看不到，但是我還是走得十分快，而且，十分自然地避開了一張茶几，伸手在一張椅背上按了一按，來到了那張安樂椅之前，坐了下來。

在這短短的十幾秒鐘之內，我腦部活動迅速。

一個神秘人物來到了我的家中，他為什麼而來，他是什麼人，我完全不知道。

其次，我想到，我眼前一片漆黑，什麼也看不到，但是我不知道對方是不是配有紅外線眼鏡之類能在暗中視物的科學配備。

如果對方有，我就更不利，如果對方也沒有，我就比較有利，因為這是我的家，我熟悉一切東西擺着的位置。

再其次，對方出聲的只有一個人，但是，來的是不是只有一個人，還是還有其他的人在此呢？

在那一剎間，我極其緊張。

雖然我的行動看來很鎮定——如果對方能夠看得到的話，但事實上，我是在拚命地控制着，我真怕一個控制不住，我會劇烈地發起抖來。

當我坐下之後，我並不先開口，只是急速地轉着念，對方好像也不急於開口，黑暗之中，一片靜寂，只有外面馬路上，不時有車輛經過的聲音傳進來。

我希望眼睛在適應了黑暗之後，至少可以辨清對方的樣子，但是時間慢慢過去，或許是因為我心情緊張的緣故，所以覺得時間過得特別慢，但無論如何，我眼前總是一片黑暗，什麼也看不見。

我知道那人離得我很近，就在我身邊不遠處，他也不開口，顯然是在等我先出聲。

我估計，約莫過了三五分鐘，我狂跳着的心，才漸漸鎮定了下來，因為我想到，對方若是懷有惡意的話，在我一進門的時候，就可以襲擊我。

而就算那時他不襲擊我，在這三五分鐘之內，如果他要對我採取不利行動的話，我真懷疑自己是不是有任何的抵抗能力！

我想到了這一點，心自然定了下來，雖然極度的神秘感依然存在，我緩緩吸了一口氣：「所謂不速之客，閣下大概可以算是典型了！」

我用這樣的話作為開始，當然是一上來就在責備對方的不是，想引他講出他自己的身分。

可是，我的話剛一出口，黑暗之中，那人笑了一下：「閣下也是！」

我幾乎想跳了起來，當然我仍坐着，但是我的聲音，卻提高了許多，我大聲道：「這是什麼話，先生，這是我的家，我的地方！」

那聲音笑了一下：「別激動，我不是說現在。」

他那樣講法，不禁使我陡然一呆。

因為我實在無法明白他那樣說，究竟是什麼意思。

他說我也是「不速之客」，但又說「不是現在」，那意思自然是說，我在某一個時候，在某一個地點，有他在場的時候，我曾做過不速之客？

如果他的話是這樣的意思，那就更加令人莫名其妙了，我什麼時候做過這樣的事？還是我做過這樣的事，自己竟想不起來了？

我迅速地轉着念，但是我隨即決定，不再去猜這種啞謎，或許他這樣講，是全然沒有意義的，我先要弄清他來的目的！

我道：「你來，有什麼事？」

這是開門見山的責問了，那人的回答，也來得十分快：「想和你談談。」

我冷笑了一下：「在這樣的黑暗中，我根本不認識你，有什麼好談的？」

那人道：「不錯，你不認識我，我也不認識你，可是有一個人，我們大家都熟悉。」

我悶哼了一聲，那人接着又道：「王其英！」

我本來，由於心情的緊張，所以特地要裝出十分舒適的樣子，坐在那張安樂椅上（我假定對方可以看到我），這時，我一聽到了「王其英」這個名字，我不禁陡地直起了身子來。

這個人的來訪，竟和王其英有關！

剎那之間，我腦中雜亂無章地，不知道想起了多少事情來，可是那些錯綜複雜的事情，卻只能給我一點淺略的概念，我好像捕捉到了一些什麼，但是卻無法將捕捉到的東西，編織起來，成為一條線索。

我思緒很亂，但是什麼也歸納不起來，我只好一面說，一面緩緩地道：「王其英，就是那個流浪漢？事實上，我對他也不能算是熟知。」

那人忽然嘆了一聲：「是的，我的情形和你一樣，我對他也不很熟悉，請你別緊張，我來，只不過想和你討論一下他。」

我冷笑了一下，這下冷笑，自然是想抗議他的話，表示我並不緊張，但是我卻無法用言語來表示，因為事實上，我確然緊張得很。

我在冷笑了一下之後：「既然這樣，有什麼好討論的，你和我都不知道他是怎麼樣的一個人！」

那人道：「可是，你至少已經知道了他的遭遇。」

我陡地一呆。

王其英的遭遇，如果那是指他忽然得到了那麼多珍寶這件事而言，那麼事情，就實在蹊蹺得很了。

因為這件事，我相信王其英在得到了那些珍寶之後，未曾向人詳細提起過，就算向人提起過，人家也不會相信，這件事，只有我和傑克上校，以及若干警方的高級人員才知道，那人是怎麼知道的？

當然，另有一個可能是，將那些珍寶給王其英的人，自然也知道這件事的！

我想了一想：「這樣說來，你是——」

我這樣講，全然是拖延時間，想等對方講出更多的事實來，好讓我來分析。

那人道：「不必多費時間了，衛先生，我們都知道，王其英已經是世界上擁有最多寶石的人！」

我的身子又挺了一挺，在那一剎間，我的聲音有點乾澀，我道：「是！」

我只能回答出一個字來，實在不知再說什麼才好。

那人接着，又說了一句十分古怪的話：「照你來看，他有了那麼多珍寶，應該有什麼感覺？」

我不禁又呆了一呆，那人的問題，其實很普通，不能算是突兀。

但是，在如今這樣神秘的氣氛之中，聽得他提出了這樣的一個問題來，使人極其愕然，難道這個人，特地前來，而且，又要我在黑暗之中和他談話，為的是要來和我討論王其英在得到了珍寶之後的感覺？

我略想了一想，並不立即回答他的問題，只是道：「你怎麼知道王其英得到了許多珍寶？」

我以為我這樣問，對方一定會支吾其詞，甚至不知如何回答的，可是，全然出乎我的意料，那人竟講了一句令我震動得難以形容，而在他來說，卻再也簡單不過的話，他道：「是我給他的！」

當他這一句話出口之際，我真正坐不住了，我陡地站了起來，疾聲道：「你是誰？」

那人卻不出聲，我接着又連珠炮也似地問道：「你哪裏來那麼多珍寶？你為什麼要將這許多價值連城的寶石給一個流浪漢？」

我的問題，問得十分之急速，而且，我一面說，一面向前走了過去，伸手去抓那人。

我當然仍是什麼也看不見，但是我和那人已經談了不少話，我可以知道那人是坐在什麼地方。

我出手相當快，在那一剎間，我覺出對方好像也疾站了起來，我手抓下去，我估計是抓住了對方的手。那一定是他的手。

他的手十分粗糙，而且汗毛極多，好像是西方人。

我一手抓住了他的手，立時想將他的手臂反扭過來，因為只有這樣，我才可以控制他。

然而，就在我企圖扭轉他的手臂之際，「砰」地一聲，我的胸前，已經中了一掌。

我不是沒有在黑暗之中和人搏鬥的經驗，但是那一掌，力道之大，令得我不能不鬆開了他的手，連退了幾步，撞在一張桌子上。

我剛反手扶住了桌子站穩，就聽得那人道：「你令我很失望，真正的失望！」

我只覺得胸口隱隱作痛，想要出聲，但是一口氣噎住，一時之間，竟發不出聲音來。

而我在這時候，聽得那人的腳步聲，迅速地向門口移去，我勉力鎮定心神，大聲道：「別走！」

在我叫「別走」之際，那人已拉開了門。

屋子之中，是黑得一絲光也沒有的，根本什麼也看不見，外面，雖然也是黑夜，但多少有點光，所以，當門一打開的時候，我就可以看到了那個人的背影。

那人的動作十分快，一拉開門，立時閃身而出，而且門也立時關上，發出了「砰」地一聲響。

那人的背影，好像並沒有什麼特別奇特之處，然而，在我的直覺上，就是那十分之一秒的一瞥，卻產生一種極其詭異之感。

那人的肩膊很闊，個子很高，我如果和他相比，至少比他矮了一個頭，輕了五十磅，所以，他剛才擊中我的那一下，力道才會那麼大，而我如果知道他是那樣的一個大個子的話，也不會貿然出手了。

而更令我心中產生這種詭異感的是，那人在向外走出去的時候，背部很彎，看來像是一個人垂頭喪氣的時候一樣，而他的手臂，則向下垂着，他的手臂很長，長得看來十分異樣。

這種姿態，像是什麼呢？在那剎間，我的腦中，實在亂得可以，不過，我還是立即想了出來，那人走路的姿態，像是一頭大猩猩！

大猩猩就是這樣子的，雙手垂地，背彎着行動的，那人的樣子真像是一頭大猩猩！

這時，我的胸口仍然感到疼痛，但是就在那人「砰」地一聲將門關上之後，不到半秒鐘的時間內，我一躍向前，也到了門前。

我本來是想到了門前，立時拉開門來，追上那個人的。

可是在黑暗之中，我的行動太急速了一些，算錯了距離，我疾躍向前，並不是躍到了門前停下，而是「砰」地一聲，撞在門上。

由於我向前躍出的勢子是如此之急驟，所以那一撞的力量，着實不輕。

一撞之下，令得我眼前金星直冒，被撞得向後騰地退出了一步，幸而那究竟是在我自己的家中，我立時一伸手，總算拉住了門柄，我喘了一口氣，立即拉開了門，但是我相信，我這一耽擱，已經錯過了追上那人的機會了！

果然，我一拉開門，門口的路，靜蕩蕩地，一個人也沒有，我立時奔了出去，向馬路兩面看着，也看不到有人，連經過的車輛也沒有。

我知道就算再向前追去，也是沒有用的，是以只好頹然轉回身，慢慢走回家中。

一進門，我自然而然地伸手在門口的電燈開關上，按了一下，在我按下去的一剎間，我才想起，屋中的電路，可能已經被剛才走的那個人截斷了，但是就在我想到這一點的時候，「的」地一聲，已經着亮了燈。

我不禁陡地一呆，心中實在有着說不出的後悔！

我剛才回家的時候，也是這樣，一進門就要開燈，但就在我要開燈的時候，那人就出了聲，我以為對方既然私自入屋，又要我在黑暗之中和他談話，當然一定已有了準備，所以已伸出去的手又縮了回來。

誰知道，屋子的電路，根本未被截斷！

我重重地頓了一下腳，心中說不出有多麼懊喪，因為當時，如果我不是自作聰明，而着亮燈的話，那麼，我至少可以看清他的樣貌，那對於以後要找他，大有幫助，比我現在只看到他一個背影，好得多了！

我背靠着門，定了定神，望着我自己的家的客廳，陳設還是和往常一樣，只有一張小桌子，在我中了一掌後退之際，撞了一下，略有點移動。

所有的窗簾，果然全拉上，所以，剛才屋子之中，才會那樣黑暗。

我苦笑了一下，慢慢向前走着，胸口倒已不再痛了，可是我的心情，卻沉重得難以形容，來到了那張安樂椅上，我又坐了下來，抬頭望着一張單人沙發。

那人剛才就是坐在這張單人沙發上的，這一點，我可以肯定。

我和那人講了不少話，而聽他的語氣，他也真想來和我討論問題，是我聽到了他那句令我太震驚的話之後，才將他趕走了的。

他在臨走的時候，還說對我很失望，那是什麼意思？是指他此行的目的未曾達到，還是指他看錯了我的為人？

我又不禁苦笑了一下，對於突然出手一事，我倒並不後悔，因為那人說，那些藏在皮帶之內，價值高得難以估計的寶石，是他給王其英的，任何人聽到了這樣的話，都難免和我一樣！

我望着那張單人沙發，深深地吸了一口氣，實實在在，我無法想像這人是一個怎樣的人，他的背影，看來像一頭大猩猩。他有那麼多珍寶，他先將一柄金鑰匙給一個流浪漢，然後又安排這個流浪漢去接受那麼多的珍寶，然後又來和一個陌生人，討論這個流浪漢，在接受了那麼多珍寶之後的感覺！

整件事，簡直是狗屁不通，不可能的，這種事，要是對人講了出來，聽到的人，一定十個有十個，會說我的神經有毛病！

可是，事實又的確如此！

我突然感到十分疲倦，伸手在臉上重重撫摸，而就在這時，我聽到門上響起了「砰」地一聲。

我立時抬起頭來。在那「砰」的一聲之後，門外又沒有了聲音，但剛才實在是有聲音的，好像有什麼人，在門上撞了一下，我略怔了一怔，立時站了起來，急步來到門前，手握住了門柄，我在等着有第二下聲響來時，突然開門。

可是我等了一回，並沒有第二下聲響傳來，我輕輕轉動門柄，陡地拉開了門。

門一拉開，一個人直跌了進來！

那個人一定是靠在門上的，所以才會有那樣的情形，而剛才門上的那一聲響，當然也是那人大力靠在門上所發出來的了！

我一側身，由得那個人跌了進來，那人一個踉蹌，居然沒有跌倒，勉強站定了身子，我立時回頭看去，只看到他的背影，我就認出他是什麼人來了。

王其英！

第六部

得到珍寶的經過

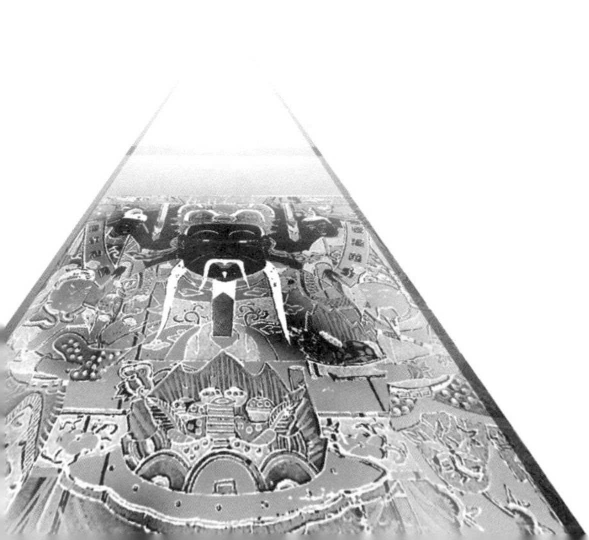

我忙關上門，來到了王其英的身前，王其英站着，一片惘然的神情，當我望着他的時候，他也望向我。他望着我，鼻子抽動着，忽然哭了起來。

任何流浪漢的樣子，都不會好到哪裏去，王其英當然也不會有例外，再加上他抽着鼻子哭了起來，那樣子真是令人作嘔。

我後退了兩步，望着他，沒好氣地道：「你哭什麼？」

王其英一面流淚，一面道：「沒有了，什麼都沒有了，我什麼都沒有了！」

他一面說，一面索性號啕大哭起來。

看着他那種眼淚鼻涕的樣子，我真想過去，重重給他兩個耳光！

王其英用衣袖抹着眼淚：「什麼都沒有了，他們說，我不遵守諾言，所以，東西要收回去，我……其實一直遵守着諾言，什麼人也沒有說過！」

他這幾句話，雖然是一面哭，一面斷斷續續說出來的，可是總算說得很有條理，而且，我是知道事情的來龍去脈的，是以我完全可以聽得懂他在說些什麼。

我望着他：「你是說，他們給你的那些東西，又收回去了？」

王其英傷心地抽噎了兩下：「是的，他們說過，我不准向任何人提起，不然我就什麼都沒有，他們怪我又去找他們，真冤枉，他們自己叫我去找他們的！」

王其英一說完，又嗚嗚痛哭起來。看他哭得那樣傷心，我真有點過意不去。因為事實上，王其英有時簡直是瘋子，有時糊裏糊塗，是半個瘋子，有時卻很清醒，我相信那是他在得到了這許多珍寶之後，才變成這樣子的，因為在那之前，我遇到過他，他很正常。

他操刀斬人的時候是瘋子，而他錯認我是「他們」，聽了我的話，午夜又再去找「他們」，那是在胡裏胡塗的情形下，受了我的騙。

我大聲叫道：「別哭了，你那些東西，在警方的保管下，沒有什麼人可以拿得走，倒是你始終不能證明這些東西是屬於你的！」

王其英總算止住了哭聲，瞪大了眼望着我：「真是他們給我的！」

他說這句話的時候，神態和語氣都很正常，可見得這時候，他是清醒的。

我不肯放過這個機會：「你又去見過他們？」王其英點了點頭。我道：「是一幢大廈，在繁盛的商業區，十二樓？」王其英又點了點頭，他好像想開口，但是我不等他表示疑問，就道：「你別忘記，你曾經給我看過那柄金鑰匙，和那個地址！」

王其英側着頭，呆了片刻，點了點頭。

我又問道：「你見到了他們？你是在十二樓什麼地方見到他們的？」

王其英瞪大了眼：「我不能說，一說就什麼也沒有了！」

我立時道：「你剛才已經說什麼都沒有了，如果他們真能令你什麼都沒有，你說了也不怕，如果他們不能在警方中取回珍寶，你便可以完全說出來！」

王其英望着我，看他的神情，像是想弄明白我那一番話中的意思。

我也知道，自己的話，在一個理路明白的人聽來，是很容易了解的，但是對王其英來說，就比較困難一點，是以我又道：「當時，你得到那些珍寶的條件，是你絕不能說出它們的來源，否則，你將一無所有，是不是？」

王其英點着頭：「是。」

我又道：「可是剛才，你說他們指你違反規則，你已經一無所有了。」

王其英側着頭，略想了一想，又是一副想哭的神情：「是的，他們罵我，說我已經什麼也沒有了！」

我攤了攤手：「那麼，你還怕什麼，你既然什麼都沒有了，為什麼還不將得到那些珍寶的經過講出來？」

王其英有點明白我的意思了，他點點頭：「是啊，我現在什麼都沒有了，根本不必再忌憚他們！」

我聽到他明白了我的意思，一揮手，手指相叩，發出了「得」地一聲：「對了，你講吧！」

王其英苦笑了一下：「我現在什麼也沒有了，就算講了，又有什麼好處呢？算了吧，趁現在街上人多，我還是去討點錢——」

他一面說，一面緩緩站了起來，向外走去。看到他那種拖泥帶水的樣子，我真想當胸口給他一拳，我大聲道：「你討得到了多少錢！」

王其英扭着手指：「運氣好的時候，會有兩三元！」

我大聲道：「可是你別忘了，你是擁有許多珍寶的人！這些珍寶，在警方的保管之中，如果你正確地說出來源，就是你的！」

王其英口角顫動着：「衛先生，你以為我沒有想到這一點？」

我道：「那麼你就該說！」

王其英道：「說了也不會有人相信，事實上，我根本沒有見過他們——」

聽得王其英那樣說，我不禁陡地呆了一呆，但是，我隨即明白，我道：「一切全是在黑暗中進行的，你只聽到他們的聲音，是不是？」

王其英立時以一種十分驚訝的神色望定了我，一看到他的神情，我就知道我料中了，為了怕他又欲說不說，我立時道：「事實上，我已經知道了很多，但是我還是要聽一聽你說經過，兩次經過，你全說一說！」

王其英又望了我一會，嘆了一聲：「那天晚上，你不肯要那柄金鑰匙之後，我心裏實在難過。後來，我又找到了幾個人，每一個人對我，都和你一樣，最後一個，甚至要扭我去見警察！」

我點頭道：「這很正常，你是一個流浪漢，誰都不會相信你的故事！」

王其英喃喃地道：「可是我說的卻是真的！」

我怕他再將話題岔開了，忙道：「你說的是真的，可是沒有人相信你，結果你去了那地址？」

王其英點着頭，我為了怕他囉嗦，是以替他說下去：「你到了那幢大廈，十二樓。」

王其英有點駭然地睜大了眼，不住地點着頭。

我道：「是十二樓的哪一個單位？」

王其英皺着眉：「一出電梯的對面。」

我一聽得王其英那樣說法，整個人直跳了起來，一出電梯的對面，這不可能，我跟蹤王其英，到了十二樓，一出電梯，只有一間辦公室有燈光透出，有人聲傳出，我就是推開了那間辦公室的門，被人誤會是來搶劫的強盜，而王其英說的，就是這間辦公室！

我的神情一定很古怪，是以王其英望着我，現出了很吃驚的神色來：「有什麼不對？」

我感到自己在冒汗，我一面抹着汗，一面道：「不，沒有什麼不對頭的地方，問題是，十二樓有很多間房間，你怎麼知道就是這一間？」

王其英笑道：「我第一次去的時候，一出電梯，就看到那辦公室的門關着，但是門上有一張紙，寫着：持金鑰匙的人，請開此門。我就是用鑰匙打開了這扇門，走了進去。」

我覺得我不但額上在冒汗，連手心也在冒汗，那是因為我在緊張地期待答案之故。

王其英繼續道：「我一推門進去，立時就有人將門關上，而我眼前，則一片漆黑，我起初心裏很害怕，因為我不知道那是一個什麼陷阱，但是我接着想到，我只不過是一個一無所有的流浪漢，完全沒有什麼可以損失的，所以我立時定下了神來。」

王其英這時講話，已開始很有點條理了，所以我不去打擾他，由得他講下去。

他略停了一停，又道：「在黑暗中，有人向我說話，那人的聲音聽來像是沒有什麼惡意，他先歡迎我來，接着又抱歉，他只能在黑暗中和我談話。」

他講到這裏，我忍不住插了一句口：「他可有說什麼原因？」

王其英道：「沒有，我也沒有問他，或許是他不願意人家看到他？」

我忙搖手道：「這一點，不必去研究了，你說，他們接着又向你說了什麼？」

王其英道：「他問我為什麼來，而不將這柄金鑰匙賣了，是不是想得到更多的東西？我說我不想，我只想賣了這柄金鑰匙，有幾百元也是很高興的了，不過賣不出去，所以才來的。他聽了我的話之後，呆了半晌，才又問我，需要什麼，我的回答很簡單，我說，我只需要一樣東西：錢！」

我聽到這裏，又苦笑了一下，那人用這樣的問題去問王其英，簡直是多餘的事，用這個問題去問任何人，都會得到相同的答案。

王其英停了半晌，我作了一個手勢，示意他繼續說下去，他又道：「他笑了起來，問我要多少，我記得我當時搔着頭，像是開玩笑地回答他，道：『錢，當然是愈多愈好。』」

我吸了一口氣，道：「你不一定是開玩笑吧，任何人心中，都是愈多愈好的。」

王其英忙道：「我並不是說我不是真的想愈多愈好，我是說，當時我想，對方不可能給我什麼的！」

我明白了王其英的意思：「可是結果，卻出乎你的意料之外，是不是？」

王其英道：「是的，他聽我這樣說，將我的話，重複了幾遍，不住地道：『愈多愈好，愈多愈好。』他又問我，道：『一個人一生的時間是有限的，為什麼錢愈多愈好，有那麼多錢，並不一定有那麼多的時間來享受！』我雖然看不見他的神情，但是卻可以聽得出，他這樣問的時候。語氣十分認真！」

這真是一個有趣的問題，而且現在一切都表示，王其英神志很清醒，足可以和他詳細地討論一下問題。

我想起那人，在黑暗中，在我家裏，也提過類似的問題，好像這個人，對人和金錢的關係，很有興趣研究，他是一個什麼人？一個心理學家？

我笑了笑：「當時你如何回答他？」

王其英道：「我說，沒有人會嫌錢多，就算一個人，已經有了一生都用不完的錢，再多一元，也是好的。他有了一千萬，再多一元，就變成一千萬零一元了，有什麼不好？」

我想笑，但是卻笑不出來，一千萬和一的比例，當然差得很大，但是事實是，一個有了一千萬的人，再多一元，有什麼不好？

王其英又道：「那人又將我的話，重複了幾遍，然後又問我，如果我有很多錢，是不是會快樂，我回答他說一定，他又說，他沒有鈔票，但是有很多值錢的東西給我，可以使我成為一個大富翁！」

我擦了擦手心的汗：「接着，他就給了你那些珍寶？是不是？」

王其英道：「不是，他先和我談妥了條件，要我無論如何，不能告訴任何人和他交談的經過，才給了我一條皮帶，叫我離開之後，去看皮帶的夾層。」

王其英講到這裏，又現出了很古怪的神色來：「當時，我接過了那條皮帶，也沒想到裏面是什麼，就走了出來，在走廊中，我打開皮帶的夾層——」

他講到這裏，氣息開始急促起來，頻頻用手敲着額：「我看到了那些寶石，我知道它們全是真的，我可以肯定，我也可以知道它們的價值，我……我實在不知道怎麼樣，我根本記不起是如何離開的，根本什麼都想不起來了！」

那個人曾問我，王其英有了那批寶石之後的感覺，這大概就是王其英的感覺了。

我望着王其英，心中亂得很，連自己也不知道是一種什麼的感覺。王其英苦澀地笑了一下：「以後又發生了一些什麼事，我也全不記得了，直到我又見到了你，我究竟幹了一些什麼？」

他講到這裏，直視着我，停了片刻，又問道：「我已經是一個極富有的人，在我變成了富人之後，我享受了什麼？是不是和別的富人一樣？」

我忽然之間，感到他十分可憐，我也望着他，他緩緩地搖着頭：「你沒有享受到什麼，這一點，倒和絕大多數富有的人一樣，享受不到什麼，你瘋了，甚至於拿着刀在路上斬人。」

王其英用手托着頭，喃喃地說了一些話，我全然聽不清他在說些什麼，接着，在他的喉際，又發出了一陣很難聽的「咯咯」聲來，他吞下了一口口水：「我現在將一切經過都告訴了你，你能不能幫助我，得回那一批珠寶？我會報答你的！」

我攤了攤手：「當然，你最好能將給你珠寶的人找出來，證明那是他給你的，不過我想這不可能，因為那個人很神秘，他來找過我，我和他，也在極度黑暗之中講話，只不過在他離去的時候，看到了一下他的背影，他看來像一頭猩猩。」

王其英的呼吸，急促了起來，連聲道：「不，不，他是人，不是猩猩！」

我一時之間，不明白王其英這樣説法，究竟是什麼意思，但是我隨即明白王其英何以要急急分辯的原因，他自然不肯承認那個人竟是一頭猩猩，如果是那樣的話，那麼，猩猩怎會給他價值連城的寶物？

我吸了一口氣：「你別急，我只是想告訴你，因為我和那個人，也是在黑暗之中談過話，所以，我相信你所講的一切，全是真的。」

王其英不住低聲重複着：「我不會忘記你的，絕不會忘記你的。」

我伸手，按在他的肩上：「不過，我相信你這是一回事，傑克上校是不是相信你，又是另一回事！」

王其英立時握住了我的手：「你對他談談，求求你，對他講一講，那些珍寶是我的，絕對是我的！」

我聳了聳肩，來到電話前，準備打電話給傑克。我之所以沒有立即撥動電話，是因為我在考慮，在這樣的時間，如此的深夜，去再和傑克上校通電話，是不是適合。

就在我這略一猶豫之際，門鈴陡地響了起來。

不但門鈴響着，而且繼而以「砰砰」的敲門聲，顯見得來人的心中，焦躁無比。

我呆了一呆，連我打電話也嫌吵人之際，會有什麼人來找我呢？王其英也呆呆地望着門口，我立時向門口走去，一面大聲道：「來了！」

我將門打開，又是一怔，站在門口的不是別人，正是傑克上校。

我認識傑克上校已經有很多年了，熟悉傑克的許多神態，但是從來也未曾見過他像如今那樣的倉皇失措。他的神色很蒼白，在我打開了門之後，也不進來，只是站在門口不斷地搓着手。

看到他這樣情形，我也陡地吃了一驚，剛想開口問，他一抬頭，已經看到了王其英。

一看到了王其英，上校的神態陡地變了，他的臉色更難看，簡直是白中泛青，可是他的神情，卻由張皇失措，而倏地變成了極度的憤怒。

我忙叫了他一聲，可是看他的情形，像是根本沒有聽到我的叫喚，忽然大喝一聲，一伸手，撥開了我，直衝到了王其英的身前。

我大吃了一驚，立時轉過身去，可是，等我轉過身去時，上校已然雙手抓住了王其英的衣服，幾乎將王其英整個人，全提了起來。

王其英一臉的駭然之色，顯然是他全然不知道發生了什麼事，別說王其英駭然，連我也一樣駭然，因為上校的行動，太失常了。

我連忙趕過去，可是上校的行動，來得極其突兀，他提起了王其英，又將王其英向外拋出去，令得王其英重重地跌在一張沙發上，他以極其咬牙切齒的神情，罵道：「你這個畜牲！」

他一面罵着，一面又向王其英衝了過去，看他的樣子，像是想將王其英捏碎！

這一次，我總算及時阻止了他，我趕到他身邊，一伸手，抓住了他的手臂，用力將他的身子，硬扳了過來，大聲道：「上校，你幹什麼？」

上校的聲音，簡直是從齒縫中迸出來的，他道：「我要殺了他！」

他的手直指着王其英，王其英縮在沙發中，一動也不敢動，眼中充滿了恐懼的神色，而上校指着他的手，在微微發着抖，可見得他的心中，實在是激動之極。

我一時之間，也不知說什麼才好，但是我總算一直拉住了上校的手臂，在想了一想之後，我道：「上校，你知道他在我這裏。」

傑克喘着氣：「不知道！」

我道：「那麼，天快亮了，你來找我幹什麼？」

上校掙了一下掙脫了我的手，然後，又向前走出了兩步，看他的樣子，像是不知道該如何才好，他終於來到酒櫃前，拿起了一瓶酒，對着瓶口，連吞了幾大口酒，才重重地放下酒瓶來。

他手按着酒瓶，又喘了幾口氣，才轉過身來，揮着手：「你可不可以叫他走開點，我有話對你說！」

我向王其英望了一眼：「如果你不想他聽到我們的談話，我們可以到二樓，我的書房去。」

傑克點了點頭，我對王其英道：「你在這裏等我，千萬不要亂走！」

王其英像是一個被暴怒的大人嚇窒了的小孩子一樣，不住地點着頭，我和上校一起上樓梯，一進了書房，上校就關上了門：「你認識宋警官？」

我揚了揚眉：「認識的，他是你主要的助手，一個十分出色的警官！」

傑克的神情更難看，甚至面肉在抽搐着，我就算是一個感覺再麻木的人，也可以知道，事情一定有什麼不對頭的地方了！

我緩緩地問道：「這位宋警官怎麼了？」

傑克用手撫着臉，現出極其疲倦的神色來，喃喃地道：「他走了，真想不到，幹了近二十年，一直是最值得信任的人，竟然走了！」

我聽得他那樣講，心中不禁又是好氣，又是好笑。傑克上校這樣生氣，原來是他失去了一個得力的助手。

像上校這樣的工作，的確是需要一個得力助手的，或許我對他的工作情形，不夠了解，是以也不知道他失去了助手之後的苦楚。

但是，無論如何，為了失去助手，而如此失常，這是一件很滑稽的事，是以我一面笑着，一面安慰他道：「他走了就算了，誰也不能保證一輩子幹同樣工作的！」

傑克瞪大了眼望定了我，他的神情，使我感到我說錯了話，但是事實上，我卻並沒有說錯話！他瞪了我半晌，才道：「當你提醒我，小心存放那些珍寶的時候，是不是有什麼預感？」

我聽得他那樣講，陡地一怔，剎那之間，我已經有點明白了！

我忙道：「那些珍寶——」

上校不等我講完，就接着道：「是的，那些珍寶，我交給他保管，他一直是最值得信任的，可是……可是……他竟然帶着那些珍寶走了！」

當傑克講到最後一句話時，我直截地可以感覺得到，他真正想哭！

當然，像上校這樣的硬漢，是不會在任何人的面前哭出來的，然而，我卻可以肯定，他心裏一定在哭！

我無意識地揮着手，一時之間，不知說什麼才好，過了半晌，我才道：「你是什麼時候發現的？」

傑克上校低下頭去，他的那種神情，倒好像監守自盜的，不是他的下屬，而是他自己一樣。

他道：「十分鐘之前——」

他講了這一句，苦笑了一下，又補充道：「我先是接到了他的電話，他說有一封信，留在辦公室中，叫我立時去看，當時我就感到奇怪了，立時趕到他的辦公室，看了他的信，才知道他走了，帶走了所有的寶石，一顆也沒有剩下！」

我這時候，忽然說了一句傻話：「他為什麼要剩下一顆？」

傑克上校陡地抬起頭來，我就嚇了一跳。不錯，我這句話，說得很傻，實在是在無話可說的情形下，硬找話來說的。

可是，就算我這句話，沒有什麼意義，上校也不必用這樣的眼光來瞪着我的！

我呆了一呆之後，道：「上校——」

可是我才叫了一聲，上校已然尖聲叫了起來，道：「誰要他剩下一顆？我和他共事二十年，他卻一聲不響，全部帶走了，而他一直是值得信任的人！」

一聽得傑克上校那樣說，我不禁真正呆住了，上校那樣說的意思是很容易明白的，他的一切難過、悲傷，自然是因為他的得力助手，盜走了那批珍寶，但是在這以前，我卻誤解了他的出發點。

我以為上校之所以難過，是因為惋惜他的助手的墮落，但是現在看來，全然不是，他的難過，是因為他的助手先他一着帶着珍寶逃走，或是沒有和他商量一下一起下手，而將這批珍寶獨吞了。

這是令人難以相信的事，但是上校剛才又的確如此說，我對他的話，理解能力不可能如此之差，我是可以聽得出他語中意思的！

剎那之間，我目瞪口呆，心怦怦地跳着，上校則不住地喘着氣，整間房間中，除了他的喘氣聲之外，幾乎沒有其他任何聲音。

過了好久，我才開口，我盡量使自己的聲音聽來平靜，和不感到意外，我道：「上校，你並不是那樣的意思，是不是？」

上校陡地轉過身去，手按在桌上，仍然喘着氣：「你已經明白了我的意思，為什麼還說不是？」

我不知如何是好地揮着手，將聲音提高了些：「我不相信你會經不起那批珠寶的誘惑，而想幹你手下已經幹了的那種事！」

上校低着頭，足有半分鐘不出聲，但是我可以看到，他按住桌子的手，在劇烈地發着抖，他的手是抖得如此之厲害。以致整張桌子，好像都在搖晃。

他抖着：「多謝你相信我不會，不過，我是人，你自己問自己，你能麼？你能對着那麼多來歷不明，沒有主人的珍寶而不動心？」

我苦笑了一下，老實說，當我第一次在那條皮帶的夾層之中，看到那麼多每一顆都是價值連城的寶石、鑽石之際，我全然有一種喝醉了酒的感覺，的確，上校說得對，我只不過有機會看了這些寶石一眼而已，並不是保管它們！

第七部

再度會見神秘客

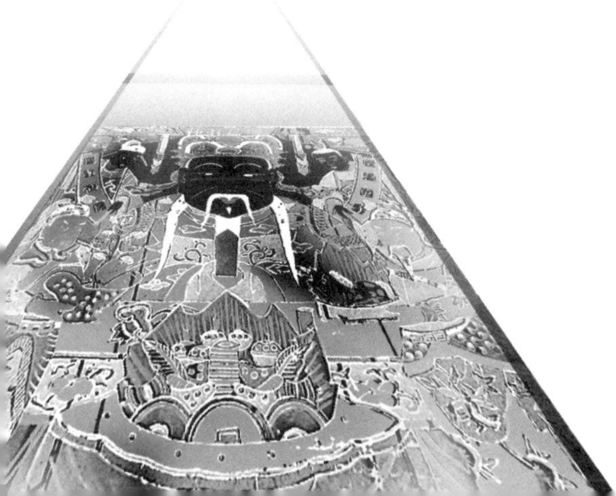

我呆了好一會，才道：「上校，那批寶石有主人，是王其英的！」

上校的聲音一面發着顫，一面卻很嚴厲，他道：「不是他的，他只不過是一個流浪漢！」

我看到上校額上綻起的青筋，發現他已經激動到了不能夠用理智的語言交談的程度。

我認識上校很多年了，有過很多接觸，他是一個脾氣不好，過分自信的人，有着很多缺點，但是無論如何，他算得上是一個正直的人，一個正人君子，然而現在看來，他十足是個無賴！

或許正如他所說，他是人，人總是有貪念的，不過有的時候隱藏着，有的時候沒有機會表達出來而已，要一個人完全沒有貪慾，那是不可能的事！

我在想着，該如何說才好，上校已經向門口走去，我連忙一步躍向前，攔在他的身前：「你準備到哪裏去？」

上校苦笑道：「還有什麼地方可去？當然再回辦公室去，一面下令，去通緝這王八蛋，一面等候上司的責斥，我還有什麼辦法？」

我也苦笑了一下：「上校，你怎麼了，你是一個肩負着重大責任的高級警官，你的生活很過得去，你為什麼會有這樣的念頭，你——」

我的話還沒有說完，上校一伸手，陡地抓住了我的胸前的衣服，將我拉了過去，沉着聲：「你可知道，如果我有了那批寶石，我會怎麼樣？我可以住在宮殿一樣的房子裏，可以有無數美女環伺在我的左右，我可以要什麼有什麼，我可以——」

我用力拍開了手，而且，不等他講完，就打斷了他的話頭：「是，那批寶石足可以使你有這一切，但是你是一個賊！」

上校道：「那有什麼關係，等你有了錢，誰在乎你是不是賊！」

我實在無話可說了，因為上校眼中的那種神色，說明他的情緒，是在一種狂熱的狀態之中，他已經完全喪失了應有的理智。

我的判斷是正確的，因為上校接下來的行動，更令人吃驚，他用手敲着自己的額角：「我真笨，真笨，這批寶石，明明已經在我的手中，明明已經是我的東西了，我卻將它們交給了別人，交給了一個我認為值得信任的人，哈哈，結果就是現在那樣！」

我當時真有一股衝動，我想揚起手來，狠狠地打上他兩個耳光，那樣做，或者可以令得他清醒過來。

但是我卻沒有那麼做，我之所以沒有動手打他，是因為這時，我絕無卑視他之意，我只是可憐他，真正地可憐他。當你真正可憐一個人的時候，你不會打他！

所以，我揚起手來，只是按在他的肩上，我只是可憐他，也不是同情，但是傑克一定以為我在同情他了，他也反過手來，按在我的手背上。

他道：「衛，你不知道我受的打擊有多大，我已經有過那批財富，現在又失去了！」

我吸了一口氣：「你不能算是真正擁有過這批財富，王其英才是。」

上校怒道：「王其英是王八蛋，一切事，全是他弄出來的，我要殺了他！」

上校這時所講的話，自然不可理喻，但是他的話，卻令得我心中，陡地一動，我立時道：「不能怪王其英，事情不是王其英弄出來的，而是王其英最先遇到的那個神秘人物，那個將這批珍寶給他的那個人！」

上校望定了我，如果他情緒正常的話，我自然可以將王其英的遭遇對他說一說，但是如今，他的情緒是如此不正常，我對他說，只怕他沒有興趣聽，所以我只是道：「我看你太疲倦了，好好地休息一下，我送你回去。」

上校呆了片刻，才道：「不必了，我自己會回去！」

他一面說，一面向書房門口走去，我實在有點不放心，跟在他的後面。

誰知我才跟出一步，上校便已轉過身來，大聲道：「我說過，我自己會走！」

他不但對我大聲吼叫，而且，用力在我的胸口，推了一下，那一下的力道相當大，令得我跌出了一兩步，而他則已疾轉過身，關上門，走了出去。

我聽到他走下去的腳步聲，他好像在下面，還大聲吼叫了一句，接着，便是大門砰然關上的聲音。

我靠着桌子站着，剎那之間，我只感到極度的疲倦，那是真正的疲倦，一個人，很少會有這種從心底深處直透出來的疲倦之感，除非是在突然之間，看透了一切，對一切全不感到興趣之時，才會有這樣的感覺。

我感到，我認識了上校那麼多年，自以為對他的為人，已經有了徹底的了解，但是現在居然發生了這樣的事，而我的周圍，全是陌生人，對他們的心中，究竟是在想些什麼，我一無所知，我甚至不知道自己的思想之中，究竟隱藏着多少醜惡，會在什麼時候，突然暴露出來！

而這種情形，又無法逃避，那麼，剝開了一切美麗的外衣，人的生活還剩下一些什麼呢？

我不由自主地苦笑了起來，在這時，我真想拿一面鏡子，來照着自己看，看看自己究竟是怎樣的一個人。當然，即使是自己，對着鏡子看看，所看到的，也只不過是自己的表面，別說了解他人的內心，人要了解自己的心，也不是一件容易的事。

我的確找了一面鏡子，拿在手中，對着自己。

可是，我才向鏡子中的自己看了一眼，電燈突然熄滅了。我陡地一呆，電燈是突然熄滅的，在這以前，沒有任何迹象，沒有任何聲響，或許是有過聲響，但是我卻完全沒有聽到。

我連忙打開書房，在我打開書房門時，我聽到了客廳中，傳來了一下拉窗簾的聲音，向下看去，一片漆黑。

我向前走出了兩步，我肯定有人來了，不但肯定有人來，而且可以肯定，來的是那個神秘客。

那麼，王其英在哪裏呢？

我先大聲叫了他一聲，沒有聽到王其英的回答，卻聽到了那神秘人的聲音，他道：「衛先生，我來的時候，沒有人，現在，只有我和你。」

我慢慢的向下走去，那神秘客又道：「對不起，我弄熄了你家裏的燈，因為我想，我們還是在黑暗中交談的好，真對不起！」

我已經走下了樓梯，站在樓梯口，「哼」地一聲：「算了，你喜歡在黑暗中談話，就在黑暗中談話，雖然我根本不喜歡和你談什麼！」

那人發出無可奈何的笑聲來，我再向前奔出了幾步，那是我自己的家，我很容易，就走到一張椅子之前，坐了下來。

那人道：「謝謝你不驅逐我，我實在想和你談談！」

我冷冷地道：「你不怕我再抓住你！」

那人略停了一停：「我想不會的，那樣做，只會將我嚇走，我想你也想在我的身上，得到一些你要知道的事情，你不會嚇走我的。」

我提高了聲音：「是的，我不會再嚇走你，我要問你，你為什麼要給王其英那些寶石，那些如此值錢的寶石，你又是從哪裏來的，你是什麼人？」

我一連串的問題問過去，那人保持着沉默，直到我住了口，才道：「我完全沒有惡意，雖然，當初，我的目的是為了自己。」

我實在忍不住笑了起來，世界上有人將價值億萬的珠寶給了別人，目的卻是為了自己的事？

我相信任何人聽到了這樣的話，都是不知道該如何回答才好的，我接連冷笑了好一會，才道：「你給了人家那麼多珠寶，你想得回些什麼？」

那人的聲音，聽來有點無可奈何，他道：「我只想得知他有了那些財富之後的感覺。」

還是那句話，這個人，為了要知道一個人有了財富之後的感覺，他竟肯花這樣的代價，我真懷疑他不是人！

那人繼續道：「或許你不明白——」

他只說了一句，我就心浮氣躁地打斷了他的話：「我當然不明白！」

那人的聲音，聽來卻仍然心平氣和，他道：「我正在做一個實驗——」

我的心中陡地一動，他不必再向下說去，我已經有點明白他的意思了。他略停了一停，立時又道：「我想知道，一個本來一無所有的人，突然之間，成了暴富，他的感覺如何！」

在黑暗中，我伸手重重地撫摸着自己的臉，那人不出聲，顯然是在等着聽我的意見。

過了好一會，我才道：「其實你不應該一而再地來問我，你應該明白結果是怎樣的。」

那人道：「要是我明白，我也不來了！」

我「哼」地一聲，道：「你害苦了王其英，本來，他是一個一無所有的流浪漢，心境倒很平靜，現在，他是世界上最痛苦的人，當他一想到他有那麼巨大的財富，他就會發瘋，而他又不能不想！」

那人像是在為他的行為分辯，急急地道：「為什麼？地球上，不是每一個人都在追求財富麼？至少據我的了解，事實是如此，如果財富會造成痛苦，為什麼人人還去追求它們？」

我皺着眉，道：「這個問題很複雜，就拿你來說——」

我本來是想說「就拿你來說，如果忽然有了大筆財富，也是一樣的」，可是我說了一半，就突然住了口，這句話，或許可以適用在每一個人的身上，但是絕不能適用在那個人的身上，因為他正是將那大筆財富，隨便就給了別人的人！

我住了口，停了片刻，在那一剎間，我想到了許多極其古怪的念頭，但是一時之間，我卻又無法將這些古怪的念頭歸納起來。

我又改口道：「如果這種事，發生在我的身上，也是一樣的，而且事實上——」

我又停了下來，我真不想將宋警官和傑克上校的事對他說，但是我才一停口，就立刻聽到那人急急問我，道：「事實上，又發生了什麼變化？」

我仍然不出聲。

那人的聲音急，而且，充滿了興奮的意味，他道：「據我所知，那批寶石，落在警方的手中，是不是我的理論證實了，所有人，內心都有貪慾，有人帶着這批寶石走了？」

我愈聽，心裏愈是生氣，那人這樣說，是什麼意思呢？他的語調又是如此興奮，倒像是一個科學家發現了重大的定律一樣，又說什麼他的理論得到了證實，他的理論究竟是什麼呢？

我沒好氣地道：「是，一個忠誠服務了二十年的警官，受不起引誘，帶着這批寶石逃走了！」

我聽到「啪啪」聲，那人好像在拍着手，或是他高興地在拍着大腿，所以才會有這樣的聲音發出來。他道：「不錯，不能怪這位警官的，他是人，是不是？每一個人的內心，都有着同樣的弱點，就是貪慾，每一個人都有，這是我的理論，現在我可以證實了！」

我腦中的思緒，極其混亂，我大聲道：「至少有一個例外，你！」

那人疾聲道：「我和你們不同，我——」

他講到這裏，突然停了下來，刹那之間，靜得一點聲音也沒有，像是他突然在一時興奮的情形之下說溜了口，所以立刻收住一樣！

而就算他只是說溜了口，也足以使我感到震動的了，我不由自主，陡地站了起來。

在那時候，我也沒有說旁的什麼，只是緊緊追問了他一句：「這就是你要在黑暗中和我談話的理由？」

那人過了好久才出聲，他的聲調很緩：「是的，對你們來說，我的樣子有點怪。」

我又坐了下來，事實上，我不是坐下來，而是感到雙腿有點發軟，跌進了椅子之中的。

我深深地吸了一口氣，有氣無力地道：「你究竟是從哪裏來的？」

我問了這一句話之後，不等他再回答，我又無可奈何地笑了起來：「你不必回答了，就算你詳細回答我，我也不會明白的，是不是？」

那人的聲音，聽來好像有點抱歉，他道：「是的，你不會明白，但是你現在的鎮定，倒很出乎我的意料之外，我可以知道為什麼？」

我想了一想，才道：「這並沒有什麼奇怪，第一，我知道你對我沒有惡意，你要是對我有惡意，我一點抵抗的能力也沒有。第二，這種事情是一定會發生的，我們的眼光，也不如你們所想像地那樣狹窄，我們探索太空的工作，自然還幼稚得很，但是我們的想像力卻無窮，可以超越數億光年！」

那人感嘆地道：「我同意，但是你們永遠沒有機會，只要我的理論得到證實，那麼，推論下來，你們走的，是一條滅亡之路，一條自殺之路，愈向前走，愈是接近覆亡！」

我想大聲對那人的話表示抗議，可是我的喉際，卻像是塞住了什麼東西一樣，一句話也講不出來。

過了片刻，那人才又道：「你可以不可以再供給一些其他的資料給我，來充實我的理論！」

那種極度的疲倦之感，又飛了上來，我在黑暗中揮着手，也不理會他是不是看得見：「你走吧，反正我已經知道你是什麼人了，你喜歡和我談話的話，隨時都可以來找我的。」

我聽到腳步聲，他在向我走過來，他來到了我的身邊，用十分關切的語調問我：「你沒有什麼不妥吧？」

我苦笑了一下：「沒有什麼不妥，只是我太疲倦了，真的太疲倦了！」

他立時道：「好的，我改天再來。」

我聽到他的腳步聲向門口走去，估計他已來到了門口，我才突然道：「你真的是為了證明你的理論而來的？」

那人道：「是的！怎麼樣？」

我苦笑了一下，道：「沒有怎麼樣，你的理論要是證實了，我們豈不是沒有希望了？」

那人停了半晌，才道：「真對不起，但如果那是事實，我無能為力！」

我沒有再說什麼，只是又揮了揮手，當我想起我們是在一片漆黑中相處時，那人已打開了門，我又看到了一個大猩猩一樣的背影，一閃而逝。

在我看到他背影的同時，我真想再出聲叫住他的，但是我已經張開了口，卻沒有發出任何聲音來。

我覺得他這次和我的談話，對我很有幫助，至少我已經知道了他是什麼樣的「人」，也知道了他的目的，知道了很多細節問題，例如在一團黑漆中，他看得到我的揮手，我相信現在，我能隨便着亮電燈，那也就是說，他有能力隨時截停電流。

然而這些，都不是根本問題，根本問題是，他已經證明了人類最大的危機，而且，他已作出結論，人內心的貪慾，會使人類走向死亡之路！

我嘆了一聲，順手去拉椅旁的燈，果然，燈一拉就亮，我歪倒在椅上，閉上眼睛，可能我真的是十分疲倦了，沒有多久，我竟睡着了。

我醒來的時候，天已大亮了，由於所有的窗簾全被拉上的緣故，所以還是相當暗，但是我可以肯定，天已大亮了，我站起身，拉開窗簾，轉身避開刺目的陽光，對着客廳發呆。

起先，我的思緒有點麻木，但隨即，我想起了昨天所發生的一切事情來。

我不必擔心傑克，他自己會照顧自己，可是，王其英呢？他到什麼地方去了？他是在傑克之前走的？我昨晚為什麼竟會想不起去找他？

我作了幾下體操，走向電話，打了一個電話到上校的辦公室。

我所得到的回答，使我呆了半晌。

電話那邊告訴我，上校今天沒有上班！

我立時又打電話到他家裏，也沒有人接聽，接下來的一整天，我都在找他，在各處可能的地方找他，可是他一直沒有再出現。

傑克上校的失蹤，和他得力助手宋警官的失蹤，成了個諱莫如深的謎，以後，我再也沒有見過他。

至於那個「人」，他以後也沒有來找過我，可能他已經有了結論，所以也走了。

王其英麼，以後我倒又見過一次，不過是在瘋人院中，他又操刀在路口斬人，被關進了瘋人院之中，列為最不可救藥的一類。

如果一定要向我追問，傑克上校究竟到哪裏去了，我有一個很玄的回答：傑克上校被「年」吞掉了。「年」在古老的傳說之中，是一頭兇猛的獸，逢人就吞，所以，過了年關的人，互相見面，大家要恭賀一番。誰也沒有見過「年」究竟是怎樣的，就像誰也看不清自己內心的貪慾，究竟深到什麼程度，究竟會在什麼時候完全暴露出來一樣。所以，如果你還未曾被你自己的慾念所吞噬，那麼，就該接受我的道賀，恭喜恭喜！

創

造

第一部

一個纍犯的失蹤

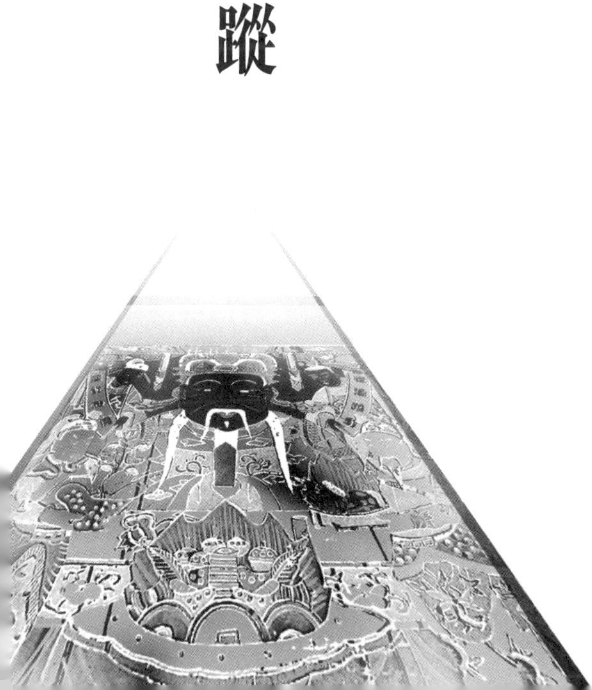

不管外面的天氣怎樣，在營業時間內，銀行大堂中的空氣，總是那麼清涼，但是冷氣儘管夠冷，王亭自從踏進銀行大堂的那一刻起，他的背脊上就一直在冒着汗，沒有停過。

王亭冒汗，並不是因為熱，而是因為他心中極度的緊張。

當他才走進銀行大堂的時候，他感到一陣因為緊張而帶來的昏眩，幾乎什麼也看不到，他只是看到許多人，他像是一段木頭一樣地向前走着，然後，找到了一個位置，坐了下來。

當他坐下來之後很久，才比較鎮定一些，可以打量銀行大堂中的情形了。首先，他注意是不是有人在注視他。還好。銀行的人雖然多，但是人人在忙自己的，並沒有人注意他。

雖然銀行大堂中的聲音很嘈雜，但是點數鈔票的聲音，聽來仍然是那麼刺耳。

王亭在略為定了神下來之後，開始向付鈔票的幾個窗口看去。他先看到了一個彪形大漢，拿起了一疊厚鈔票，順手向褲袋中一塞，走了開去。

王亭到這裏來的目的，決不是他和這座大銀行有什麼業務上的往來。他，是準備來搶錢的。

他也決計不是一個夠膽搶劫銀行的大盜，他只不過是一個小劫賊，然而現在，他卻需要一大筆錢，他要在銀行中找尋一個身上有巨額款項的人，來跟蹤下手，將在那人的身上的搶過來。

那才離開窗口的大漢，身邊的錢夠多了，可是那大漢至少有一百八十磅，王亭隔着褲袋，摸了摸袋中的那柄小刀，他的手心也在冒汗，那不是他下手的對象，那大漢會將他的手臂，硬生生的扭斷，看來還是等另一個的好！

他的視線一直跟着那大漢，直到那大漢推開了厚厚的大玻璃門，走了出去，他才轉回頭來。

他又看到了一個大胖子，正將一隻公事包擱在窗前，將一紮一紮的鈔票，放進公事包去。

那麼多的鈔票，令得王亭的眼珠，幾乎突了出來。這個大胖子，應該是他下手的對象了，這樣的有錢人，大都珍惜生命，一定可以得手。

當那大胖子拉上了公事包的拉鏈，轉過身來時，王亭也站了起來。

王亭才一站起，雙腿便不由自主地在發着抖。從銀行跟蹤一個人出去，在半路上下手搶劫，這對於王亭來說，還是第一次。那畢竟和躲在黑暗中，襲擊夜歸的單身人，多少有點不同。

那大胖子提着公事包，在王亭的身邊經過，王亭轉過身，跟在他的後面。可是，才到了銀行門口，王亭就呆住了，一個穿制服的司機，推門走進來，在大胖子手中接過公事包，一起走了出去。

王亭吸了一口氣，緩緩轉過身來，他只好另外再尋找對象了，當他轉過身來的時候，他看到持着獵槍的銀行守衛，似乎向他瞪了一眼，那更令得他心中劇跳了起來，他幾乎沒有勇氣，再在銀行大堂中耽下去，如果不是就在這時，他看到了那個老婦人的話，他一定已經因為心虛，而拔腳逃出銀行大堂去了。

那老婦人才從付錢的窗口轉過身來，她的手中，捏着大疊大鈔，她一面向前走着，一面打開她那陳舊的皮包，將那疊大鈔塞進去！

王亭連忙轉過身，假裝在看着貼在牆上的告示，但是他的眼珠卻斜轉着，一直在注意那老婦人。

老婦人的行動很遲緩，衣着也不是十分好，然而剛才她塞進皮包的錢，卻有那麼一厚疊。

而且，這樣的老婦人，根據王亭的經驗，是最好的搶劫對象，只要刀子在她們的面前一閃，她們至少會有一分鐘之久，張大了口發呆。而等到她們定過神來，開始大叫的時候，他已經可以奔出好幾條街了！

王亭緩緩地吸了一口氣，那老婦人在他身後不到兩呎處，走了過去。

王亭的頭轉動着，一等那老婦人出了銀行，他連忙也轉身向外走去，隔着玻璃門，他看到那老婦人站在馬路邊上。看她的樣子，她並不是想截街車，而只是想等着過馬路。

像這樣的老婦人，要跟蹤她，實在太容易了！

王亭推開了門，出了銀行，一股熱氣，撲面而來，迅速地將他全身包圍，像是進了一座火爐一樣，那種滋味實在太不好受，他身上的汗也更多了。

那老婦人已開始在過馬路，王亭一面抹汗，一面急急追了上去，他甚至比那老婦人先過了馬路，在他經過那老婦人身邊的時候，老婦人的手袋，離他的手，還不到一呎，他一伸手就可以搶過來。

但是他卻忍住了沒有下手，或者說，他不敢下手，因為過馬路的人太多，只要有一兩個人好管閒事的話，他就逃不了！

雖然，在王亭的經驗之中，這種管閒事的人是不常見的，可是也不能不防。何況看來，那老婦人一點也沒要搭車的意思，他又何不跟到一個冷僻的地方才下手？

王亭抹着汗，他停了片刻，等那老婦人走出了十來步，他才又跟了上去。他感到那老婦人似乎愈走愈快，他幾乎要跟不上了。

日頭猛烈，王亭的全身都在冒汗，但是他終於跟着那老婦人，到了一條斜路口。

那一條斜路十分陡峭，全是石級，當他開始走上石級的時候，老婦人在他的上面，大約有二十級石級。他自然可以快步奔上去。但是，他要是急急追上去，一引起老婦人的注意，下手就沒有那麼容易了！

是以他仍然耐心地跟着，而等到那老婦人上了斜路之後，他才急步奔了上去。

當他也上了斜路之後，他高興得幾乎要大聲叫了起來！

那老婦人，正走向一條很窄的巷子。那巷子的兩旁，全是高牆，根本沒有人！

在那巷子中下手，真是再妥當也沒有了！

他急步走了過去，那老婦人就在面前，巷子中一個人也沒有，王亭加快了腳步，直來到那老婦人身後，他的手中，已抓住了那柄小刀。

那老婦人似乎也覺得有人在她的身後追了過來，是以她站定，望着王亭，臉上現出一種十分難以形容的神情來。

王亭在那樣的情形之下，自然不會去研究那老婦人究竟為什麼會有那樣古怪的神情，他手一揚，手中的小刀，刀鋒「啪」地一聲，彈了出來，已然對準了那老婦人的面前，同時伸手去奪手袋。

可是，也就在那一剎那間，王亭怔住了！

當那老婦人轉過身來之前，她將手袋放在胸前，看情形就像是知道來人要搶她的手袋一樣，而王亭才一伸手間，她的手袋移開，握在她左手的，是一柄手槍！

王亭的雙眼，睜得老大，不錯，那老婦人的手中所握的，是一柄手槍，那是一柄小手槍，槍管上，還套着長長的滅音器。

他是一個劫賊，手中有刀，可是，再笨的笨賊，也知道刀敵不過槍，所以王亭呆住了。

這時候，那老婦人開口道：「你從銀行跟我出來，我已經知道了！」

王亭望着那柄槍，他只覺得喉頭發乾，汗水流了下來，幾乎遮住了他的視線，他的口唇動了動，可是卻並沒有發出什麼聲音。

那老婦人又道：「我等你這樣的人，已經等了好幾天，我知道像你那樣的人，遲早會出現的！」

王亭直到這時，自他的口中，才發出了乾澀的聲音來：「你……你是警察？」

那老婦人沉聲道：「轉過身去！」

王亭的心中，又起了一線希望，對方如果是警察，現在應該表露身分了，而如果對方不是警察，那麼，她的手槍，可能根本只是玩笑！

他仍然瞪着眼：「你，你手中的槍，是假的，我為什麼要聽你的話？」他的話才一出口，那老婦人手中的槍，向下略一沉，「啪」地一聲響，響聲很輕，可是隨着那一下聲響，一顆子彈，已射在王亭的腳旁。

被子彈濺起的碎石片，撞在王亭的小腿上，痛得王亭幾乎要叫起來，他的身子一震，小刀落地，他也急忙轉過了身去。

那老婦人又道：「向前走！」

王亭的身子發抖着，向前走着，他不知道自己遇上的老婦人是什麼人，他一直來到巷口，只見巷口多了一輛汽車。

那輛車子可能早就停在那裏的，但是他進來的時候，只顧盯着那老婦人的背影，根本不曾在意旁的什麼。這時，車門打開，一個中年人自車中走了出來，王亭才到車前，後腦上便受了重重的一擊，身子向前仆去，恰好仆進了車廂之中。

當王亭在仆進車廂中的時候，他已經昏了過去。

那老婦人迅速進了車子，關上了車門，那中年男子也立時進了車子，車子駛走了。

巷中和巷口，都沒有旁的人，當那中年人自車上走出來的時候，他曾四面張望過。

而那老婦人一槍柄擊在王亭的後腦上，又將王亭推進車子，她自己也立時進去，直到車子駛走，前後還不到半分鐘。

那中年人、老婦人和王亭三人，都沒有注意到，在小巷的高牆之上，一幢十分殘舊的房子一個窗口中，有一個孩子，一直在看着他們，直到車子駛走了，那孩子才叫起來：「哥哥，哥哥，我剛才看到一個人被打昏，被推進了車子，就像是特務電影！」

警方在接到了那孩子家長的報告之後，開始顯得很不耐煩，但是當警方終於派出了幾個警員來調查，而且在那小巷之中，發現了王亭手中跌下來的那柄小刀的時候，事情就顯得有點不尋常了。

那柄小刀的刀柄上，有着清晰的指紋，而在經過了印證之後，證明刀柄上的指紋，屬於纍犯王亭所有。王亭是一個有過三次被判入獄的纍犯，每次入獄，都是因為搶劫。

單是這一點，已然和那小童報告相同。那小童報告說，先是一個男人，跟着一個婦人走進巷子來，然後，那男人用小刀指住老婦人。

警方很容易就找出了王亭的照片。請那個小童來，將王亭的照片，混在許多其他人的照片之中，不到五分鐘，那小童就找出了王亭的照片。

事情再也沒有疑問，那個持刀的想要搶劫的男子就是王亭，可是那小童的報告，上半部分雖然已得到了證實，下半部分，仍然令人難以想像。

據那小童說，那老婦人取出了手槍來，放了一槍（但是沒有槍聲），王亭就轉過身去，走到了巷口。

巷口有一輛車子等着，另一個男子在車中走出來，那老婦人將王亭打昏過去，推進了車子，然後車子駛走了。

那小童看過全部事情的過程，但是他卻未曾注意那輛汽車的號碼，只記得車子是白色的。而在這個城市中，白色的車子，有好幾萬輛，那小童又說不出車子的形狀。對於一個住在簡陋屋子中的貧家小童而言，幾乎每一輛車子都一樣。

警方對於這位目擊的小童，經過反複的盤問，直到肯定那小童所說的一切，全是真的為止。

肯定了那小童所說的一切全是真的，那就等於說，纍犯王亭，被人擄走了。有誰會擄走王亭這樣一個搶劫犯呢？那老婦人，和自車中出來的中年人，又是什麼人？警方在深入的調查之後，發現了一點線索，查出王亭是一年前，第二次服完刑自獄監出來的。

在這一年之中，他的生活過得並不好，他居然還能活下去，自然是因為他在出獄之後，仍然不斷在搶劫的緣故。那些劫案，可能因為事主損失不大，也可能因為事主怕麻煩，是以並沒有報案，警方也沒有紀錄。但是可以肯定一點，王亭在這一年之中，仍然靠搶劫在維持生活。

警方發現的第二點，便是王亭最近還在一個賭攤中，連賭皆北，欠了許多賭債。而主持這個賭攤的，是一批黑社會人馬。

這批黑社會人馬曾向王亭攤牌，要他還錢，王亭苦苦哀求他們延期一日，他表示明天一定要去做一單大買賣來，買賣一得手，所有的債就可以還清。

而王亭口中的「明天」，就是他突然失蹤的那一天。

警方有了這項線索，自然疑心這批黑人物，追債不遂，對付王亭。

可是，在傳訊了許多人之後，發現那也不可能。第一，黑人物的目的是要錢，王亭向那老婦人露出刀子，目的自然是行劫，那正是在實現他「做一單大買賣」的諾言，黑人物沒有理由在這樣的情形之下對付他的。

第二，經過調查，當日事情發生之際，那批黑人物都有不在現場的證據。自然，他們可以指使別人去做，但是指使一個老婦去做那樣的事，那也太不符合黑社會人物行事的方法了！

於是，這就成了一宗懸案。

而王亭也沒有再出現過，他這個人，像是已經在世界上消失了，更像世上根本沒有這個人存在過一樣，沒有人關心他，他也沒有親人，雖然在實際上，警方、法院、監獄都有過他存在的紀錄，證明他曾經在世上，存在了二十三年，但自那一天起，他消失了。

警方以後也沒有再怎麼留意這件案子，因為王亭究竟是一個小人物，而且是一個纍犯，這件案子，幾乎已沒有什麼人再記得了。

我講起王亭的被綁失蹤案，是在一個俱樂部中。

這個俱樂部，由一群高級知識分子組成，其中有醫生、有工程師、有大學教授，也有知名的作家。我是這個俱樂部的特邀會員。

或許，是因為這批高級知識分子他們平日的工作太繁忙，生活太乏味，是以他們很喜歡談天說地，俱樂部也成了他們談天說地的好地方。可是他們平日的工作、生活，離不開方程式和顯微鏡，就算聚在一起，也談不出什麼有趣味的東西來。

是以他們需要我，我一到，俱樂部中就充滿了生氣，因為我最多離奇曲折、荒誕古怪的故事，講給他們聽，聽得他們津津有味。

而我也很樂意有這些朋友，因為他們全是高級知識分子，他們的意見、學識，都是我所欽仰的，我可以在他們的談話中，獲得不少知識。

那一天晚上，幽雅的客廳中，大約有二十個人左右，一位電腦工程師首先提出來：「衛斯理，再講一件故事我們聽聽。」

一位著名的女醫生揚着眉：「可是，別再講外太空來的生物了，這樣的事，我們聽得太多，彷彿地球上只有你一個人，外太空來的高級生物，總是找你，不會找別人！」

我笑了笑：「你們聽厭了外太空來的人的故事，那麼，我就向你們講一個發生在地球人身上的故事，他也不是什麼大人物，只是一個極普通的小人物，他是一個曾坐過三次牢的纍犯，叫王亭。」

當我講出了這一段話之後，原來在打橋牌的人停了手，在下棋的人，也轉過了椅子來。

於是，我講了王亭的故事。

當我講完之後，那女醫生問道：「這件事，發生到現在，已有多久了？」

我道：「三年，整整地三年。」

一位教授笑了起來：「這是你自己造出來的故事吧，一個身無分文的劫賊，為什麼會有人去綁他票？真是太滑稽了！」

我道：「決不是我造出來的，而是在事情發生之後，警方的一位負責人，認為這件事太古怪，曾和我談起過，你們不信，隨時可以到警方的檔案室中去查舊檔案。」

客廳中靜了一會，才有人道：「那麼，你對這件事的看法如何呢？」

我吸了一口氣：「我認為那個老婦人，和另一個中年人——」

我才講到這裏，那位女醫生就笑了起來，她的笑聲十分爽朗，她一面笑，一面揚着眉，顯得神采飛揚。她用笑聲打斷了我的話頭。

她道：「我知道了，你的推斷一定是那兩個人，是外星人，他們到了地球，擄走了一個地球人，回去作研究，那個地球人就是王亭！」

我多少有點尷尬，但是我還是坦然承認：「是的，當時我的推斷，的確如此！」

那位女醫生揶揄地道：「我早就知道，衛斯理的故事，離不開外太空來的人！」

我無可奈何地攤了攤手：「那麼，請問還有什麼更好的解釋？」

客廳中又靜了下來，那位女醫生沒有再取笑我，因為事情實在太奇特了，有誰會去向一個纍犯下手，綁他的票？

過了一會，又有人道：「衛先生，你的故事，有一個漏洞，一個大漏洞。」

我向那位先生望去，並向那位先生道：「請指出。」

那位先生道：「你怎麼知道王亭是在銀行中，跟着那老婦人走出去的？」

我笑了笑：「並不是我故事中有漏洞，而是我忘記說了。這件案件發生之後，王亭的照片，一連幾天刊登在報紙上，那位銀行的守衛，向警方報告，說他曾見過王亭，當時王亭在銀行大堂中，神色十分異樣，他曾加以注意，是以記得。」

「那麼，」那位先生又問：「銀行守衛，也一定記得那位老婦人？」

當那位先生在向我發問的時候，所有的人，都將注意力集中在我的身上，自然是要聽取我的回答，可是我還沒有開口，突然聽得一個角落中，傳出了一下低呼聲來。

這一下聽來像是十分吃驚的低呼聲，吸引了我們的注意，我們立時向發出低呼聲的那個角落望去，只見那角落處坐着兩個人。

我們都認識這兩個人，男的是著名的生物學家，他的太太也是，他們兩人合撰的科學著作，特別是有關生物的遺傳因子、生物細胞內染色體的著作，有着全球性的聲譽，非同凡響。

這時，我們看到，這位著名的生物學家，潘仁聲博士，正將一杯酒，遞給他的太太，他的太太，王慧博士的神色，像是十分慌張，接過酒來，一飲而盡。

有人立時關心地問道：「什麼事？潘太太怎麼了？」

潘博士忙道：「沒有什麼，她多少有點神經質，或許是衛先生的故事，太緊張了！」

許多人對於潘博士的解釋，都滿意了，可是我的心中，卻存着一個疑問。

我剛才所講的那個有關王亭的故事，只不過是離奇而已，可以說絕無緊張之處，為什麼潘太太竟會需要喝酒來鎮定神經呢？

自然，我只是在心中想了一想，並沒有將這個問題提出來。

事實上，我也沒有機會將這個疑問提出來，因為潘仁聲立時問我：「對了，衛先生，你還沒有說出來，那守衛是不是認得那老婦人？」

我又略呆了一呆，在那一剎間，我的心中，好像想到了一些什麼。然而，我所想到的，卻又十分難以捉摸，我道：「沒有，守衛沒有注意到那老婦人，銀行中人太多，他不可能每個人都注意的。」

說我故事有漏洞的那位先生又道：「那麼，你得承認有很多經過，是你編出來的。」

我笑道：「應該說，是我以推理的方式，將故事連貫起來的。我們知道王亭要做『買賣』，他自然要在銀行中尋求打劫的對象。他結果找到了那老婦人，而在那個小巷子中下手，而從巷口停着車子，有人接應這一點看來，那老婦人顯然是早有預謀，特地在銀行中引人上鈎，我只加了一兩句對白，不算過分吧？」

那位先生笑了起來：「算你還能自圓其說，以後，也沒有人發現王亭的屍體？」

我搖着頭：「沒有，王亭這個人就此消失，這件事，最離奇的地方也就在這裏。事實上，任何人綁走了王亭，都沒有用處，各位說是不是？」

大家紛紛點着頭，就在這時候，潘仁聲博士和他的太太王慧博士站了起來，潘博士道：「對不起，內子有點不舒服，先回去了。」

這個俱樂部中的集會，通常都不會太晚，潘博士既然準備早退，也沒有什麼人表示異議，那位著名的女醫生走過去，握了握潘太太的手：「你可能是工作太緊張了，聽說你日間除了教務之外，其餘的時間，還在幫助你丈夫做特別研究？」

潘太太的神色很不安，她道：「是……是的。」

女醫生道，「工作得太辛苦，對健康有妨礙。」

潘博士像是有點不願意這位女醫生再向下講去，他忙道：「是的，謝謝你的忠告！」

他一面説，一面就扶着他的太太，走了出去。在他們兩人走了之後，我們又繼續討論王亭的事情，一個道：「警方已放棄找尋了？」

我道：「警方一直在想找到王亭，可是現在的事實是，找不到。而且，關於那兩個和王亭失蹤有關的人，也一點音訊都沒有。」

那女醫生笑着：「這倒真是一件奇怪透頂的事情，這個人到哪裏去了？為什麼那兩個人，會對一個纍犯下手，將他綁走？」

我攤了攤手：「這件奇案的趣味性，也就在這裏，我希望各位能夠找得出答案來，對不起，我也想告辭了，再見。」

我和各人握着手，從各人的神情上來看，我看到他們對我所講的，有關王亭失蹤的那件事的興趣很濃厚，他們可能還會討論下去。

但是我卻沒有興趣參加他們的討論。原因之一，他們全是知名的學者，但是知名的學者，未必具有推理的頭腦，他們七嘴八舌地説着，可能一點道理也沒有。

原因之二，是因為王亭的事，對他們來說，新鮮得很。但是對我來說，卻絕不新鮮。

我在獲知了這件事的來龍去脈之後，曾經花費過不少時間，作過種種的推測，也曾經會見過和王亭有來往的各式人等，可是卻一點結果也沒有。

王亭的失蹤，真可以說是一個難解的謎！

我離開了那建築物，到了街角，我的車子就停在那裏，當我打開車門的時候，我忽然聽得街角處，牆的那邊有人道：「噓，有人來了！」

我呆了一呆，本來我是要取鑰匙開車門的，但是一聽得有人那樣說，我立時身形一矮，躲了起來。接着，街角那邊，傳來了一個女人的聲音：「哪裏有什麼人，不過是你心虛！」

聽到了那女人的聲音，我心中不禁陡然吃了一驚，那是王慧博士的聲音，她和她的丈夫才離開俱樂部，他們躲在這裏作什麼？

我略略直了直身子，透過車窗向前看去，但是我卻無法看得到他們，因為他們在街的轉角處，我只聽得王慧博士又嘆了一聲：「仁聲，我們怎麼辦？」

接着，便是潘仁聲博士的聲音：「騎虎難下，我們的研究，也已到了將近成功的階段，怎麼能放棄？」

王慧博士卻苦笑着：「就算成功，研究的結果也不能公布，這又有什麼用處？」

潘仁聲博士猶豫了一下：「我們可以從理論上提出來，然後再從頭作實驗來證明。」

王慧博士沒有再出聲。

我偷聽他們的對話，聽到了這裏，心中感到疑惑之極，我全然不明白他們在說些什麼，但是總可以肯定一點，那便是這兩位科學家，正有着一件事（和他們的研究工作有關），是不願意被別人知道的。

我正想走過去和他們招呼一下，一輛街車駛了過去，潘仁聲夫婦，截住了那輛街車，登上車子，走了。

我進了車子，本來我是準備回家去，但是當我踏下油門的時候，我改變了主意。我一直在想着潘博士夫婦在街角處的對話，我覺得他們兩人，好像有了什麼麻煩，而又不便對別人說的。

我和他們夫婦並不能算是太熟，但是我十分敬仰他們在學術上的成就。當時促使我改變主意的原因，只有三成是為了好奇，其餘，我是想跟着他們，看看他們究竟有什麼困難，我是不是可以幫忙。

我不再取道回家，而是跟在前面行駛的那輛街車，一直向前駛去。

第二部

博士夫婦態度奇異

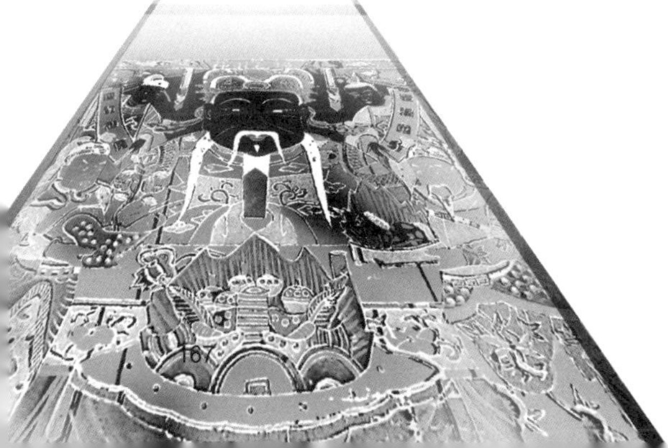

當我跟到了一半的時候，天下起雨來，雨勢很大，我保持着一定的距離。約莫在十五分鐘之後，前面那輛街車，在一幢很舊的大房子前，停了下來。

像那樣的舊房子，現在已經很難找得到，它一共有三層，車子不能直達屋子的大門口，要走上大約三十多級石階，才能進入屋子。

我看到潘博士夫婦下了車，用手遮着頭，向石階上奔去，他們奔到了門口，停了下來，我一直望着他們，屋子中很黑，好像除了他們之外，整幢屋子再也沒有人居住，但是潘博士的動作，卻證明屋中是有別人的，因為他並不是取出鑰匙來開門，而是按着門鈴。

那輛街車已經駛走，雨仍然很密，我和那屋的距離，大約是五十碼左右，由於四周圍很靜，所以我可以聽到屋中響起的門鈴聲。

我的跟蹤，到這時為止，可以說是一點意義也沒有的，我也準備回去了。

我將車子緩緩駛向前，一面還抬頭望着他們，我看到那幢舊房子之中，亮起了燈光，接着，門就打開，潘博士夫婦，走了進去。

那來開門的人，也將門關上，這一切，全是十分正常的情形。

然而，就在那時，我卻陡地踏下了煞車掣。

我雖然踏下了煞車掣，可是在剎那間，連我自己也不明白為什麼忽然要停車——這很難解釋，我自然是發現了一些什麼不尋常的事，才會突然停下車來的，可是，我停車，這只是一剎那間的一種自然反應，等到我停下了車子之後，我卻有點說不出所以然來。

我究竟發現了什麼呢？

那時，雨仍然十分緊，屋子的門已經關上，屋中有燈光透出來，一切都那麼平靜，那麼正常，是什麼使我剛才突如其來地要停車呢？

我雙手扶住了駕駛盤，想了好幾秒鐘，儘量捕捉我停車時的那種奇異的感覺。我終於想起來了，我之所以停車，是因為我在那一剎間，看到了那個前來開門的男人的身影。那身影，我像是很熟悉。

由於那男人來開門的時候，燈光由屋中透出，所以我只能看到他的身形，至於那男人臉上的輪廓，我不怎麼看得清楚。

由於在那一剎間，我感到那個人可能是我的熟人，然而，這時我即使仔細地想，也想不起那人究竟是什麼人。

我沒有再停留多久，就一直駕車回到了家中。在歸途上，我在想，那來開門的，可能是潘博士的男僕，也可能是潘博士研究工作上的助手，潘博士的家中，有着設備極其完善的實驗室，那是人盡皆知的事。那麼，這個人可能是我的熟人，也不是什麼奇怪的事。

當時我只是在想，下次再見到潘博士的時候，不妨問問他，那個是什麼人。如果真是我的熟人的話，那麼，我就可以在他的身上，了解一下潘博士夫婦的生活，看他們夫婦兩人，究竟遭到了什麼麻煩。

我回到了家中，也沒有繼續再去想那件事。接着，又過了好幾天。

一天晚上，我又到了那個俱樂部中，我幾乎已經忘記那件事了，直到了俱樂部之中，我順口問道：「潘博士夫婦沒有來？」

一個生物學家應聲道：「沒有，他們已有好幾天沒有來了，王博士甚至請了假，不去上課，我想一定是他們的研究工作十分緊張之故。」

我順口應了一聲：「是麼，做你們這種科學家的僕人，真不容易，你們常常廢寢忘餐，晨昏顛倒，真是難伺候。」

那生物學家呆了一呆：「你這樣説是什麼意思？」

我道：「我是説，當潘博士他們的僕人，很不容易，他們不是有一個男僕麼？」

這時，又有幾個人向我圍了過來，我的話一出口，有三四個人立時笑了起來，一個道：「衛先生，你可是又在開始什麼故事了？誰都知道他們沒有僕人，那一幢大屋子，只是他們兩人住着。」

我呆了一呆：「那或許是我弄錯了，不是他們的僕人，是他們的研究助手。」

那生物學家道：「他們的研究工作，一直保守秘密，根本不聘用任何助手！」

我笑了笑，這實在是一個不值得爭論的問題，我只是道：「那麼，或者是他們的親戚！」

那生物學家的神情，這時也變得十分古怪，他道：「你那麼說，是不是說，他們居住的屋子，除了他們夫婦之外，還有別人？」

那是毫無疑問的事，在幾天前，雨夜之中，我曾見過有人替他們開門，所以我道：「是的！」

那生物學家笑了起來：「衛先生，你一定弄錯了，在那幢屋子之中，除了他們兩夫婦之外，別的僅有生物，就是他們培殖的細胞和微生物，或者，還有青蛙和白鼠，但決不會有第三個人！」

我呆了半晌：「只怕你弄錯了！」

那生物學家叫了起來：「我怎麼會弄錯？我是他家的常客，前天，我還曾代表學校，去探問王博士，他們家中，一直只有他們自己！」

我想將我前幾天晚上看到的情形講出來，但是我卻沒有講。因為那是我對潘博士夫婦，毫無理由的跟蹤，講出來自然不是十分好。

如果不是那天在雨夜之中，出來開門的人，使我感到他是一個熟人，因而給我的印象十分深刻的話，那麼，我在聽得那位生物學家講得如此肯定之後，我也一定認為是自己弄錯了。

但是現在，我卻確切地知道，我絕沒有錯，在潘博士的那幢古老大屋之中，除了他們夫婦之外，還有第三個人！

事情彷佛多少有點神秘的意味在內，我有登門造訪他們兩夫婦一次的必要。

我當時並沒有說什麼，也沒有繼續和他們討論這個問題，我又和周圍的人，閒談了幾分鐘，然後，我藉詞走開去，來到了電話旁。

我撥了潘博士家中的電話，坐着，等人來接聽，電話鈴響了很久，才有人來聽，我一聽就聽出，那是潘博士的聲音，我報了自己的姓名，潘博士呆了一呆，他的聲音好像有點緊張，他道：「有什麼事，衛先生？」

我忙道：「沒有什麼，我在俱樂部，知道王博士沒有去上課，特地來問候一下。」

潘博士的話有點期期艾艾：「沒有什麼，她只是不過稍為有點不舒服而已。」

我道：「我想來探訪兩位，現在，我不會耽擱兩位太多時間的，不知道是不是歡迎？」

潘博士發出「唔」地一聲響，在「唔」地一聲之後，他好一會不出聲。任何人都可以聽得出，那實在是他不歡迎我去的表示。我自然也聽得出，但是我的目的既然是要到他家中去一次，我也不管他是不是歡迎，裝出聽不懂他的意思：「我在十分鐘之內可以來到，至多不過耽擱你十分鐘而已。」

潘博士疾聲道：「衛先生，我——」

可是我明知他一定要拒絕的，是以，我不等他把話講完，立時就放下了電話。

我也料到潘博士如果不喜歡我去的話，他可能立時再打電話來拒絕的，是以我一放下電話，立時就離開了俱樂部。當我走出俱樂部門口的時候，我聽得有人在叫我的名字，但是我並不走回去，而是加快腳步，來到了車旁，十分鐘後，我已走上石階了。

無論我懷着什麼目的去探望潘博士夫婦，在表面上而言，我的探訪總是善意的。我想，他們的心中，就算再不滿意，也不至於將我拒之門外的。

我的猜想不錯，當我按鈴之後，潘博士來開門，他的臉色很不好看，他道：「我在你放下電話之後，立時打電話，想請你不要來，但是你已經走了！」

我忙道：「應該的，我們既然是朋友，自然得來拜候拜候。」

對於我的這種態度，潘博士顯然一點對策也沒有，而我也已不等他的邀請，便自顧自向內走去，他倒反而變成跟在我的後面。

他的聲調有些急促：「對不起，內人睡了，而我的研究工作又放不下，你是否能……」

我忙道：「那不要緊，你可以一面工作，一面招呼我，或者，我可以作你的助手！」

潘博士終於找到發作的話頭了，他的臉色一沉：「你應該知道，我的研究工作，是絕不喜歡有人來打擾的，請你原諒！」

我攤了攤手：「各人有各人的習慣，不要緊，潘博士，你這裏真靜啊，那麼大的屋子，就只有你們兩夫婦住着麼？」

潘博士顯然有點忍受不住了，他不客氣地道：「是的，我們喜歡靜，對客人的來到，有時很不耐煩，如果沒有什麼特別的事——」

他在下逐客令了，我仍然笑着：「對不起，我真的打擾你了，再見，替我向潘太太問好！」

潘博士點着頭，又來到了門口，打開了門，分明是要趕我走了。

我向門口走去，在我向門口走去的時候，我的心中，迅速地在轉着念頭。潘博士不歡迎我到他家中來的態度，明顯到了極點，我甚至可以肯定，潘太太一定沒有睡着。這種不歡迎人的態度，如果單以不喜歡他的研究工作被人打擾來解釋，是說不過去的。

看他的那種神態，自然是說他這屋子之中，有着什麼不願被人發現的秘密存在，更合理得多！

我立時又想起前幾天，雨夜之中，來替他們夫婦兩人開門的那個人來。

我覺得，我不應該就那樣糊裏糊塗地離去，我應該在離去之前，弄清楚我心中的疑問。

是以到了門口，我站定了身子：「你說屋子中，只有你們兩個人住嗎？」潘博士的神色，變得十分異樣，他的神情看來像是很憤怒，然而很容易就可以看出來，他那種憤怒，其實是在掩飾他心中的不安。

他大聲道：「你這是什麼意思？你是來調查人口的麼？」

我笑了笑：「對不起，我只是因為好奇！」

我在說了那句話之後，立時向外走去，因為我知道，如果潘博士的心中，真有什麼不可告人的秘密的話，他一定會拉住我，不讓我走的，因為我的這句話，說得太模稜兩可了。

果然，我才跨出了一步，潘博士便伸手拉住了我，我覺出他的手背在微微發抖。

他道：「你覺得好奇？是什麼使你覺得好奇？」

他的聲音很急促，在問完了這個問題之後，他甚至不由自主在喘着氣。

我望着他，嘆了一聲：「我們總算是好朋友，如果你的心中，有什麼不能解決的麻煩，不妨向我說一說，我一定會盡力幫忙！」

潘博士的身子，又震動了一下，但是他卻立時道：「沒有，有什麼麻煩？一點也沒有！」

我冷冷地道：「那麼，為什麼你明明有一個僕人或者是你的助手，在這屋子之中，你卻一口咬定，只有你們兩夫婦住在這裏？」

潘博士的身子，陡地向後，退出了幾步，我攤了攤手：「我看到過這個人，在將近午夜時替你們開過門，他還可能是我的熟人。」

潘博士又後退了幾步，這時，他已退進了屋內，而我則在屋外。

看他的神情，我知道我的話，已經使他受了極大的震動。

我在想，就算他不願意向我說出實情的話，他也一定會向我有所解釋的。

但是，接下來發生的事，卻全然出乎我的意料之外，他突然一伸手，「砰」地一聲，將門關上，等我想伸出手來推住門，不讓他將門關上的時候，門已經關上了，我被他關在門外！

我呆了一呆，雖然隔着一度門，然而在門被關上之後，我還是可以聽到潘博士發出的急速的喘息聲，接着，便是一陣腳步聲。

那一陣腳步聲使我知道，潘博士一定已經離開了屋子門口，走進去了。

我在門口呆立了片刻，頗有點自討沒趣的感覺。

然而潘博士的態度，卻令人起疑：十足像是一個不擅犯罪的人，在犯了罪之後，被人識穿了一樣。

他突然之間，將我關在門外，與其説是他的憤怒，那還不如説是他的驚恐，他不敢再面對着我，所以才將門關上。

直到這一剎間，我才將潘博士夫婦和「犯罪」這個名詞聯想在一起。在這以前，我只不過因為好奇而已。

然而這時，我雖然聯想到了這一點，我還是無法想像，像潘博士夫婦那樣的著名學者，會有什麼犯罪的行動。

我在門口站了足足有好幾分鐘，才轉過身，慢慢走下石級去，當我走到最低的那級石級之際，我又聽到了大門打開的聲音，接着，便是王慧博士急促的叫聲：「衛先生，請你回來。」

我轉過身，看到潘博士夫婦，一起站在門口，我三步併作兩步，奔了上去。王慧博士的神情很緊張，她道：「真對不起，我們的研究工作太緊張了，以致不能好好招待客人！」

我微笑着：「只因為是研究工作緊張？」

王慧博士道：「是的，我們現在研究的，是一個人類從來也未曾研究的大課題，衛先生，我向你請求，別打擾我們！」

她那樣說，我倒真有點不好意思了，我忙道：「我絕對不是來打擾你們的，只是我覺得你們兩位，好像有什麼麻煩，是以想來幫助你們！」

王慧博士搖着頭：「謝謝你，我們並不需要幫助，只要安靜。」

我攤了攤手，道：「好，那麼，請原諒我，我不會再來打擾你們！」

他們兩夫婦齊聲道：「謝謝你，謝謝你！」

我向他們點頭告別，又轉身走下石階，他們立時將門關上，當我走完石級，來到路邊的時候，恰好一輛警方的巡邏車，緩緩駛過來。

在巡邏車上的一個警官，是我認識的，他看到了我，向我揚了揚手，又向潘博士的舊屋子，指了一指：「來拜訪潘博士？」

我順口道：「是的！」

那警官道：「博士很少客人的。」

我心中陡地一動：「你怎麼知道，可是因為你常在這一帶巡邏？」

那警官點頭道：「是。」

我立時又道：「那一幢大屋子，就只有他們兩夫婦住在裏面？」

那警官道：「好像是，我沒有見過別的人！」

我向那警官告辭，來到自己的車邊，駕車回家，到了家中，我心中的疑惑更多了，我只覺得這對學者夫婦，在他們的屋中，一定有着不可告人的秘密！

自然，我又想起了那個替他們開門的人來。

潘博士夫婦，似乎竭力要否認那個人的存在，但事實上，我見過那個人，而且，還感覺到那個人，是我的一個熟人！

我苦苦思索着，回憶着我見到那人時一剎間的印象，想記起那是什麼人。但是卻沒有結果。因為當天晚上下着雨，光線從屋中射出來，「熟人」的感覺，只不過是剎那間的印象，要我在事後，再去回想那個人究竟是誰，我實在沒有法子做得到。

然而，那一剎間「熟人」的印象，卻也十分有用。因為如果不是有那種印象的話，我根本不會再將這件事放在心上。

在這時候，我忽然想起，我可以趁着深夜，偷進他們的住宅中去一看究竟。

當我想到這一點的時候，幾乎已經要付諸行動了，但是在一轉念間，我卻又冷靜了下來。

我想到，這一切，可能全是潘博士夫婦的私事，任何人都有保持自己私生活不受侵擾的權利，我為什麼一定要去多管閒事呢？

當我想到這一點的時候，我吁了一口氣，心想：「算了吧，人家的事，還是別理會那麼多了！」

第二天早上，我醒來的時候，天才亮。

我有時候睡得很遲才起身，但是有時，卻又起得很早。而每當我早醒的時候，我喜歡到陽台上去，呼吸一口清晨的新鮮空氣。

那天，我自然也不例外，我拉開了門，站在陽台上，那時，天才矇矓亮，可是我才站在陽台，就陡地一呆。因為我立時看到，在我家的門口，停着好幾輛警車，警員都下了車，一看到我在陽台現身，立時都躲到警車的後面去，看那情形，就像是我的手中，捧着一把機關槍，會向他們發射一樣。

我呆了一呆，不知發生了什麼事，但是從那幾輛警車，就停在我的門前，和車上的警員，分明是在注視着我的屋子這兩點來看，他們一定是衝着我而來的。

正當我在莫名其妙之際，又是一輛警車駛到，那輛警車一到，幾個高級警官，一起跳了下來，其中有我歡喜冤家，傑克上校在內。

一看到了傑克上校，我不禁皺了皺眉頭，他也來了，可知道事情絕不尋常了，因為普通的案子，絕對不需要像他們那樣高級的警務人員出馬的。

他們幾個人才一下車，也立時在車後躲了起來，到這時候，我實在忍不住了，大聲叫道：「喂，上校，又發生了什麼事？」

我說「又發生了什麼事？」，自然是有理由的，在這以前，有過好幾次，傑克上校聲勢洶洶地要來逮捕我，以為我犯了罪，結果，證明只是他判斷錯誤。而現在，從這種陣仗來看，看來傑克上校，又像在導演着一齣喜劇了！只不過，這齣「喜劇」的「場面」，看來比以往幾次，都要大得許多。

我大聲一叫，傑克還沒有回答，房中的白素，倒給我驚醒了，她含含糊糊地問道：「什麼事？」

我道：「我也不知道，傑克帶了好幾十個警員來，好像我犯了彌天大罪！」

就在我以為事情還很輕鬆地那樣説的時候，傑克上校的想法，顯然和我絕不一樣，我看到在車後的那些警員，都舉起了卡賓槍，對準了在陽台上的我，而從他們身上的臃腫情形看來，他們全穿着避彈衣。

同時，傑克上校的話，也從傳音筒中，傳了過來，他的話，更令我啼笑皆非。他道：「衛斯理，聽着，你的住所已被包圍了，快將雙手放在頭上走出來，限你三分鐘之內走出來！」

聽得他那樣嚷叫着，我真是啼笑皆非，同時，我的心中，也不禁有點惱怒，我大聲喝道：「傑克，你究竟在搗什麼鬼？」

傑克仍然躲在車後，卻重複着他剛才的那幾句話，白素也披着睡袍，到了陽台上。

白素就是有那麼好，平常的女人，一見到這樣的陣仗，一定驚惶失措了，但是她出來之後，向下一看，卻覺得好笑，道：「怎麼一回事，上校先生又發什麼神經？」

這時，傑克上校已在作他的第三次喊話了！白素攤了攤手：「看來，你只好照他的話辦事了，不然，他可能會下令施放催淚彈，將你逼出去！」

我皺着眉：「看情形，他不像是在開玩笑，我當然要出去，你立時通知劉律師，請他到警局去，我看有麻煩了！」

白素揚着眉：「你最近做過什麼事？」

我最近做過什麼事，值得警方如此對付我呢？老實説，我完全不知道。

我用開玩笑的口吻道：「我最近將一架飛機，劫到哈瓦那去，換了一箱雪茄回來！」

白素也笑了起來，在笑聲中，我離開了陽台，下了樓，走出了大門。

第三部

驚人謀殺案

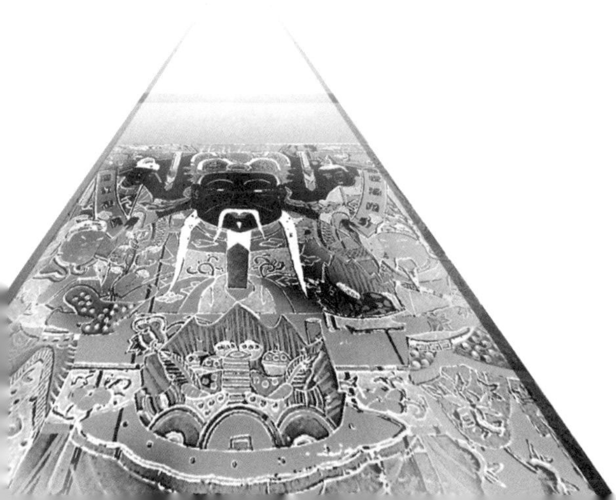

當我在大門口出現的時候，氣氛更來得緊張，傑克大聲叫道：「將手放在頭上！」

我不禁感到生氣，怒道：「傑克，你看到麼，我還穿着睡衣，我手上沒有任何武器。」

傑克上校總算從警車之後，閃出了身子來，可是他臉上的神情，仍然緊張萬分，他道：「誰知道，可能你睡衣的鈕扣，就是強烈的小型炸彈！」

我真是又好氣又好笑：「傑克，為了什麼？」

傑克一揮手，四五個手持槍械的警員，已向我逼了過來，我自然不會作任何反抗，我向外走去，兩個高級警官向我走來，其中一個，揚着手銬。

我立時對那持手銬的高級警官叱道：「走開，就算你們有絕對充分的理由要拘捕我，也決用不到手銬，而且，拘捕我的理由是什麼？」

傑克上校這時也向我走了過來，他將拘捕令揚在我的面前，道：「衛斯理，你涉嫌謀殺一男一女，死者是潘仁聲、王慧兩個人！」

我呆住了！

這實在是晴天霹靂！

老實說，我是很少受到那樣的震動的，但是我這時，真正呆住了！

潘仁聲和王慧，他們就是潘博士夫婦，而我涉嫌謀殺他們兩人，那也就是說，他們兩人已經死了！

直到想到了這裏，我紊亂之極的思緒，才頓了一頓，失聲道：「潘博士夫婦死了？」

傑克上校站在我的面前，冷冷地道：「自然死了，你以為他們在經過了你那樣殘酷的對待之後，還能夠活着麼？走吧！」

我深深地吸了一口氣，空氣無疑是清涼的，但是我這時，卻像是吸進了一團火一樣，我苦笑着：「傑克，你知道，我是從來不殺人的！」

傑克上校的態度仍然冰冷：「或許是你的第一次，你失手了。」

我無意義地搖着頭：「你弄錯了，上校，你完全弄錯了！」

傑克上校厲聲道：「他們的屋子中有你的指紋，你離開他們的屋子時，一個巡邏警官看見過你。」

我忙道：「是，我認識這位警官，我還曾和那位警官講過幾句話。」

傑克上校又道：「這就夠了，當時的時間，是十一點零五分，而法醫在檢驗死者屍體的結論，是他們兩人，死亡的時間是十一時左右。」

我又吸了一口氣：「十一時左右，可能是十一時半，那在我離開之後！」

傑克上校不讓我再講下去，他立時冷笑道：「你對我說也沒有用，留在法庭上，看看陪審員是不是可以接納你的話！」

我心中儘管十分惱怒，但是我也知道，在如今的情形下，發怒絕不是辦法，我只是冷冷地道：「上校，你想將我送上法庭，已不止一次了，可是每一次都只證明你白費心機，而且給真正的犯罪分子從容的時間逃走！」

當着那麼多警官的面，我那樣不留餘地地說着，這自然使得傑克十分狼狽，他大聲吼叫着：「帶他上車，快行動！」

我聳了聳：「不必緊張！」

我自動向前走去，在我登上警車的時候，我看到白素站在門口，向我揮着手，她一點也沒有緊張的神態，輕鬆得就像是我和朋友去喝一杯咖啡，聊聊天一樣。

我到了警局，連傑克上校也感到很意外，劉律師已經先在警局恭候了。

傑克上校狠狠瞪了劉律師一眼：「案情很嚴重，疑犯可能不准保釋。」

劉律師道：「衛先生是有聲望的人，我想檢察官接納我的意見的機會比較多一些。」

傑克又狠狠瞪了他一眼，和他一起進了另一間辦公室，我們在警員的嚴密看守之下，留在傑克上校的辦公室之中。

這時，我的心中十分亂。潘博士夫婦遇害了，法醫判他們死亡的時間，是在十一時左右。

其實，我並不知道我昨晚和他們分手的時間是幾點鐘，但是巡邏警官報告的時間是不會錯的，那就是十一時零五分。

潘博士夫婦自然不會在十一時之前遇害，因為那時，我還和他們一起。

而法醫雖然不能判斷出精確的時間來，但是也絕對不至於相差太遠。

那也就是說，幾乎是我才離開，就有人殺死了潘博士夫婦，從時間的緊密接合來看，兇手幾乎不可能是由外面來的。

當然，傑克可以根據這一點，而認定在十一點零五分左右離開的我，就是兇手。但是，我卻有自己的想法，我自己的想法是：兇手當我在的時候，就在屋子中！

我可以有更進一步的推斷，兇手就是我曾經見過一次，但是卻遇到潘博士夫婦，堅決否認他存在的那個神秘的「熟人」！

當我想到這裏的時候，我更加混亂了！

因為本來，一個人存在，潘博士夫婦要竭力否認，這已經是夠神秘，和夠叫人傷腦筋了，更何況，現在又發生了謀殺案，兩位國際著名的科學家被謀殺！

除了我，曾在那夜見過他們的屋子中有另一個人之外，其餘的人都不知道，我就算將我所見的，所推測的全講出來，也沒有證據支持我的說法。

在傑克上校的辦公室中，我等了大約十五分鐘，才看到劉律師和傑克一起走了進來。

傑克的臉色顯得很難看，一看到他那種難看的神情，我就知道，如果我睡得着的話，我大可以回去再好好補睡一覺。

果然，劉律師道：「行了，你可以離開，但是你必須接受警方二十四小時不斷的監視，同時，每日要向警方正式報到一次。」

我搖了搖頭：「這些，我不準備實行！」

劉律師愕然地望着我，傑克道：「你敢不遵守規定，那是自討苦吃！」

我笑着：「上校，你完全弄錯了，我的意思是，從現在起，我要一直和你在一起。你知道，我也知道，這是一件大案子，而我還知道這件大案子的一些十分古怪的內容。你的心中更明白，你一個人破不了這件案子，而我一個人也破不了，我們必須合作，和以往的許多次合作一樣！」

傑克雖然沉着臉，但是我的話，卻確確實實打動了他的心。尤其當我提到「以往多次的合作」的時候，他更是心中有數。

他望了我半晌，才道：「可是，這一次，你是本案的嫌疑人！」

我道：「正因為如此，所以我就更有理由要參加這項工作，我想你應該知道，我參加，對你來說，只有好處，沒有壞處。」

傑克搓着手：「可是，可是……警方和疑犯合作，那史無前例！」

我拍了拍他的肩頭：「上校，別認定我是疑犯，你心中其實和我一樣明白，我沒有殺人，你拘捕我，只不過是為了那幾個脆弱的證據，我現在回家去換衣服，你到現場去等着我，別讓你的手下隨便進屋去，你也在門口等我好了，我相信有許多寶貴的線索，一定已經給你破壞了，但是我不希望你們破壞得更多。」

我講完之後，傑克像是又想什麼，但是我立時又道：「當我們再次見面，我會提供一些極其寶貴的資料給你！」

傑克的話，始終沒有再說出來，他目送着我離去，自然同意我的提議了！

我和劉律師一起出去，在例行公事上簽了字，對劉律師道：「真對不起，一清早將你吵醒了！」

劉律師道：「難得早起一次，是有好處的，潘博士夫婦被殺的事，早報上沒有消息！」

我道：「那自然又是上校的傑作，他是一個典型，有權在手，不弄弄權不過癮，哪怕他知道沒有用，封鎖幾小時新聞，也是好的。這實在是一種小人物的反應。」

劉律師點着頭，他送我回家，白素像是知道我一定可以立時回家一樣，為我準備了早點，但是我卻沒有吃，只是換了衣服，洗了臉，就駕車直駛向潘博士的住所——那幢舊得可以的大房子。

當我到達的時候，傑克上校已經在那裏了，屋子門口，守着許多警員，我一下車，傑克就向我走來，我和他一起登上石級。

才一進大門，我就呆住了！

地上全是血，血已經凝結了，但是斑斑塊塊，看來還是怵目驚心！

我呆了一呆，傑克道：「一個夜歸的鄰居，經過這房子的門口，看到有血自大門的門縫流出來，直流到石階上，他立時驚呼起來，驚動了其他的人，這才報警的，警方人員到達後，發現了死者，我才趕到現場。」

我已經看到，就在大門口，地板上，用白粉畫着一個簡陋的人形，而在樓梯口，又有一個人形。

傑克指着門口的那個道：「潘博士死在這裏。」

他又指着樓梯口：「潘夫人躺在樓梯口。」

我望着滿地的血迹，嘆了一聲：「什麼兇器？怎麼流了這麼多血？」

傑克卻並沒有直接回答我的問題，他向身後的一個警官，招了招手，那警官立時打開公事包，取出幾張放大了二十吋的照片來，交給了傑克，傑克又將照片交到了我的手上。

他道：「你自己看，這是屍體還未曾被搬動之前，所攝下來的。」我接過了相片，我實在不想在這滿是血迹的地方多逗留，所以我走進了客廳，才去看那幾張照片。

當我看到了那些照片的時候，我的身子，不由自主地在發着抖。那實在太可怕，潘博士躺在血泊中，他的頭顱，完全破裂，他的身上，也有許多處傷痕，看來那是鈍物擊中了頭部之後，又給利刃砍過。而潘夫人的情形，也好不了多少，她顯然是在樓梯上遇害的，因為樓梯上有血。我可以作這樣的假定，潘博士先遇害，潘夫人聽到樓下有聲音，就趕下來看，而她才一下樓梯，就遇上了伏擊，也遇害了。

這兩個著名的科學家，在不到十二小時之前，我還和他們在一起，說話、討論問題，但是現在，他們卻已躺在冰冷的殮房裏了！

我抬起頭來：「兇手的兇殺方法，如此殘忍，他可能是一個神經不正常的人！」

傑克上校搖着頭：「不見得。」

我忙道：「為什麼？」

傑克道：「我在趕到之後，發現壁爐中有許多紙灰，而我們詳細搜查的結果，潘博士一切研究工作的紀錄都找不到，可能都被燒成灰燼了！」

我苦笑了一下，傑克上校反對我作出的兇手是一個神經不正常的人的判斷，顯然並不是意氣用事，因為一個神經不正常的人，斷然不會在殺人之後，還將一切文件，全部燒毀的。

而這時，我的心中，又立時生出一個疑問來，為什麼一切文件全都被燒毀，包括潘博士夫婦研究的紀錄在內？難道他們兩人的研究工作，對他們的死，有着什麼直接的關係？

那時，我心中十分亂，雖然想到了這一點，但是實在理不出一個頭緒來。

我只是問道：「任何文件，都沒有留下？」

傑克道：「有的，在潘博士研究室的一張桌上，有着一份案頭日曆，在四天前那一頁，留下了三個字！」

我立時問道：「三個什麼字？」

傑克直視看我：「你的名字，衛斯理！」

我陡地一怔，吸了一口氣。

我和潘博士說不上是什麼深交，只不過在那個俱樂部中，經常見見面而已，他為什麼要將我的名字，留在他的案頭日曆上？而且是在四天之前？四天前，我和他之間，發生過什麼值得他留下我的名字的事？

突然之間，我想起了，四天之前，正是我在俱樂部，講了有關王亭的事，潘夫人感到不舒服，他們兩人突然離去那一天！

但是，這又有什麼重要呢？為什麼他在這一天，留下了我的名字？

我腦中混亂之極地在想着，傑克可能誤會了我的意思，他道：「筆迹專家已經證明，那是潘博士寫下的，你的名字！」

我苦笑了一下，傑克又道：「我還沒有問你，你為什麼要連夜到這裏來？」

我道：「這件事，我會很詳細地告訴你，我相信我將對你說的一切，一定是整件案子的關鍵所在，但是，我要先看一看整幢屋子！」

傑克道：「這很重要麼？」

我道：「是的，你和我一起看。」

傑克這次，表現得很有耐心，或者他知道這是一件極其重要的案件，必須有我的合作，才能有破案的一天，或許是另有別的想法。

我和他從底層看起，那屋子的確很大，對兩個人來說，更是大得異樣。

屋子一共有三層，底層是客廳、飯廳、小會客室、廚房，以及另外兩間房間，第二層經過改動，是臥房和一間極大的研究室。

臥房和研究室連在一起，可知他們夫婦兩人，對於研究工作是如何認真。

臥房中的一切很整齊，那表示昨晚在我離去之後，他們可能並未進過臥房，也進一步證明，我來的時候，潘博士說他的太太，正在睡覺，是在說謊。他太太是從樓上下來的，當時在做什麼？可能正在研究室中工作。

研究室中有許多儀器、試管，那可以說是一個十分完善的生物化學研究室，也一點不淩亂，看不出任何被破壞過的迹象。

在研究室中，有一樣東西，吸引了我和傑克兩個人的注意，那是一隻極大的箱子，箱子裏面是一張椅子，箱子外，是附屬的一組儀器。我湊近去看了看，大致上認得出，那是控制溫度，和供給氧氣的，從一組儀表上顯示，這箱子之中，溫度可以下降到零下四十度。

而這箱子的大小，也足可以坐得下一個人有餘，我和傑克都極度的詫異。但是我們兩人，都看不出那箱子究竟有什麼用途來，是以我們誰也沒有說什麼。

而屋子的三樓，則是幾間空置的房間，堆着不少雜物。本來，我是想在屋中找那個我曾見過的「熟人」的住所的。

因為只要發現有了潘博士夫婦之外，另一個人的住所，那就足以證明我所見過的那個人，的確是存在的了。可是我卻失望了。

因為從整幢房子看來，除了潘博士夫婦之外，實在找不出另外有一個人住過的痕迹來。

潘夫人顯然是一個十分能幹的人物，她不但在學術上有着巨大的成就，而屋子中的一切，她也整理得井井有條。

我們在上了三樓之後，又回到了客廳中，傑克瞪着我，我坐了下來。在那剎間，我只覺得頭部沉重無比，幾乎什麼都不願想。

我只注意到傑克的神色，已愈來愈不耐煩，他不斷在我面前走着，而且步子愈來愈快，那更令我心亂。我正想喝阻他，叫他別再在我的面前，晃來晃去，他已經站定了身子，大聲道：「這件血案，一定轟動世界，我不能永遠封鎖這件事、也不能沒有兇手！」

我呆呆地望着他，在那一剎間，我的確有點發呆，那自然是為了傑克最後的那一句話，或許是案子的被害人實在太重要了，所以令得他有點語無倫次了吧！」

我望了他一會，才道：「你那樣說是什麼意思？你為了要一個兇手，是不是準備隨便找一個無辜的人去頂替呢，請問！」

傑克冷冷地道：「別忘記，直到現在為止，你的嫌疑最大，你仍然要出庭受審。」

我嘆了一聲，我心中在想，以後，我決定不再去理會人家的閒事了，理閒事，竟然理出了如此不愉快到了極點的結果來。

我的思緒仍然很亂，但是我還是必要將我如何會來探訪潘博士夫婦的原因，以及那天雨夜我跟蹤博士前來的經過，向傑克說一遍。

所以，我指着一張椅子：「你坐下，別焦急，我有很多話要和你說。」

傑克有點不大情願似地坐了下來，而我卻不理會他的情緒怎樣，我還是將我所知道的、所經歷的、所猜疑的，和他詳細說了一遍。

傑克這個人，不是全然沒有好處的，他雖然對我有偏見，而且在我說話的時候，儘管他心中在不斷地罵着，但是他卻並不打斷我的話頭。

他十分用心地聽着，直到我說完，他才用一種十分冷淡的語調道：「你的意思是，有一個神秘人物，別人都不知道這個人物的存在，但是實際上，這個人物卻和潘博士夫婦，生活在一起？」

我皺了皺眉，道：「對於『生活在一起』，或者還有商榷的必要，但這個人，能夠在深夜，還替潘博上夫婦開門，那麼，他和潘博士夫婦之間的關係，至少應該十分密切！」

傑克立時道：「剛才，我和你都看過了整幢屋子，你和我都知道，除了潘博士夫婦之外，這屋子之中，並沒有另一個人住着！」

我點頭道：「你說得對，但這個人可能不住在這屋子中，但時時和潘博士夫婦來往。」

傑克有點不懷好意地道：「這個人是什麼人呢？」

我無法回答他這個問題，只好攤了攤手：「不知道，我只知道，這個人可能是我的一個熟人！」

傑克忽然嘆了一口氣：「衛斯理，你不要以為我時時和你作對，你要明白我所處的地位，我們兩人所處的地位如果掉轉來，那麼請問你是不是會去追尋一個一點頭緒也沒有的人？」

傑克的這一番話，倒是講得十分誠懇，我呆了片刻，才道：「你說得對，你說『一點頭緒也沒有』，我已經很感謝你了！」

傑克顯得十分疲倦地，用手抹了抹臉，顯然這件案子給他的精神負擔，十分沉重，他道：「是的，我不想和你吵架，不然，我一定說這個人是子虛烏有的。」

我提高了聲音：「事實上，這個人是存在的，對了，只要這個人曾在這屋子中生活過，我們一定可以在這間屋子中找到這個人的指紋，我相信這個人留在這屋中的指紋，一定不在少數，只要尋找，我們就一定可以得到十分重大的線索！」

我那樣一說，傑克的眼睛，登時亮了起來，他道：「你說得對，事實上，兇案發生之後，我們已經作過指紋的搜尋工作，但只限於屍體的附近，現在，我們可以在整幢屋子的範圍內進行！」

我道：「還有，潘博士夫婦，全是高級知識分子，而人人都知道，他們從事一項十分重要的生物化學上的研究，在實驗室中，甚至沒有一點紀錄留下來，這不是很意外麼？」

傑克點頭道：「是的，一點具有文字紀錄的紙張都沒有，只有那案頭日曆上——」

我苦笑着，接口道：「我的名字！」

傑克也苦笑了起來。

我已經明白，傑克這一次，和我之間的態度那麼好，是他也知道，雖然我成了嫌疑人物，但是我決不可能是殺害潘博士夫婦的兇手之故。

所以我不妨堅持我的意見，我道：「上校，你一定得相信我。我還可以斷定，潘博士夫婦，一定是有意在對他人隱瞞我所見過的那個人，我來探訪他們的時候，他們的精神都很緊張！」

傑克嘆了一聲：「他們為什麼要隱瞞這個人呢！究竟為了什麼？」

我當然無法回答傑克上校的這個問題，我只好也跟着他嘆一口氣。

我站起來：「現在，除了等待在這屋子中，發現那神秘人物的指紋外，我沒有什麼事可做了，我們只好等着吧！」

傑克望着我：「就算找到了指紋，你也很難在法庭上取得陪審員的同情，因為你所說的一切——」

他有點無可奈何地搖着頭，我卻道：「我倒不像你那樣悲觀，我的意思是，如果我找到了指紋，那麼，我們一定能夠找到那個人！」

傑克道：「你或者是太樂觀了！」

我只好道：「希望不是我太樂觀。」

我離開了潘博士夫婦的屋子。事實上，我急於要離開的真正原因，是因為我腦中太凌亂了，我必須一個人，靜靜地想一想。

我一直來到了公園，在樹蔭下坐下來。

我坐着，閉着眼睛，看來是在養神，決不會有什麼人知道我是一個有了極大的麻煩，正在思索如何解脱麻煩的一個人！

第四部

三年前失蹤的劫匪

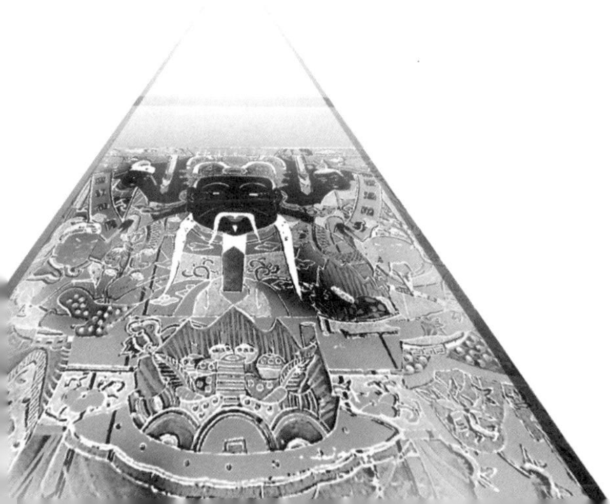

我將事情從頭想起：那天晚上，在街角處聽到潘博士夫婦的對話。我可以斷定，潘博士夫婦一定保持着一個秘密，不願被他人知道。

而這項秘密，他們兩人，雖然保持得很好，可是卻也帶給他們極大的煩惱，甚至。他們因為這件秘密，而遭到了被人殺害的噩運。

這件秘密，自然和那個神秘的人物有關！

我一向對我自己的推理能力很自負，但是，在潘博士夫婦的這件事上，我卻只能得到這些結論，無法再向下想去。因為所知實在太少，任何人都無法自那麼少的已知條件中，去推測很多的未知事件。

我在公園中坐了很久，又毫無目的地在公園中走着，在一隻養着很多美麗的紅鶴的鐵籠前，又站了好一會，直到太陽偏西，才離開了公園。

我才回到家中，白素就道：「傑克打過幾次電話找你了，他要你立時和他聯絡，説有了重大的發現。」

我半秒鐘也不耽擱，立時向電話走去，聽到了傑克的聲音，他道：「唉，衛先生還沒有回來麼？」

我立時道：「我回來了！」

傑克幾乎叫了起來：「太好了，衛斯理，你的推斷不錯，屋子中，除了潘博士夫婦的指紋之外，還大量發現了另一個人的指紋！」

我道：「可以根據指紋的類型，找到這人的身分麼？」

傑克道：「那要感謝電腦資料存儲系統，不過，電腦可能出了毛病。」

我立時問道：「什麼意思？」傑克說他找到了另一個人的指紋，又說感謝電腦系統的幫助，那自然已經找出這個人物神秘身分了，但是他卻又說可能是電腦系統出了毛病，這樣自相矛盾的話，確是令人莫名其妙的。

傑克並未立時回答我的問題，在他電話中，苦笑了一下，才道：「那可能有錯誤，但是……但是電腦系統既然那樣告訴我們——」

我實在忍不住了，大聲打斷了他的話頭，道：「你別再囉嗦了，看在老天的份上，爽爽快快地說出來吧，那指紋屬於什麼人？」

傑克上校終於說了出來：「王亭。」

我呆了一呆，一時之間，我也想不起王亭是什麼人來，因為我無論如何想，也無法將一個突然失蹤的劫匪，和潘博士夫婦連在一起的。

所以我在那一剎間，只是疾聲問道：「王亭，這個王亭又是什麼人？」

傑克道：「你可還記得，那個劫匪王亭，他跟蹤一個從銀行出來的老婦人，下手搶劫時，反被那老婦人用槍逼進了一輛汽車，就此失蹤了的那個？」

我握着電話，但是我整個人都呆住了！

這個王亭，我自然記得這個王亭。幾天之前，我還曾在俱樂部中，將王亭的那件事講給許多人聽，那是一件不可解釋的怪事。

這個王亭，他的指紋，怎麼會大量出現在潘博士夫婦的住所之中的呢？

在那剎間，我的心中，亂到了極點，但是，許許多多事，也一起湧上了我的心頭，這些事，都是我當時未曾加以注意的，但是現在想起來，卻都有着特殊的意義。例如，當我說出王亭的故事之際，潘夫人便感到不適，潘博士夫婦提前離去。又例如，潘夫人曾緊張地追問那銀行守衛是不是曾留意到那個老婦人，當她這樣問的時候，她的神情，也異乎尋常地緊張。

再例如，那天晚上，我跟蹤他們回去，看到了有人替他們開門，我當時的印象，只覺得那個人可能是我的熟人，但是我卻又無論如何想不起那是什麼人來，現在想起來，也簡單得很，那人就是王亭！

因為我並不認識王亭，只不過在以前，傑克和我談過王亭失蹤的事件之後，我感到了興趣，曾經研究過許多有關王亭的資料，也看過王亭的許多照片，是以對他有深切的印象。

這就是為什麼我自己覺得看到的是一個熟人，但是卻又無論如何想不起他是什麼人來的原因！

當傑克說出了王亭的名字之後，我腦中湧上了各種各樣的問題，亂到了極點，是以並沒有出聲。傑克在電話那邊連聲道：「你為什麼不出聲，你對這件事，有什麼意見？」

我道：「有一些事，我沒有和你說過，那是因為當時我認為這些事和整件事全然無關的緣故，但是現在想起來，卻有着重大的關係，電腦沒有錯！」

傑克的聲音之中，充滿了疑惑：「你的意思是，三年前神秘失蹤的王亭，他——」

我的思緒仍然極之紊亂，但是我卻又打斷了他的話：「他就算不是兇手，也必然和整件事有關，快大量複印他的照片，命令所有的警員拘捕他，只要一找到了他，我看，事情離水落石出也不遠了！」

傑克並沒有立時回答我的問題，他只是不置可否地「嗯嗯」地應着我。

我又道：「上校，照我的話去做，不會錯的。我現在，甚至可以肯定，三年之前，劫匪王亭的突然失蹤，正是潘博士夫婦的有計劃的行動！」

傑克叫了起來，道：「你瘋了，潘博士夫婦，為什麼要綁架一個劫匪，並且拘留了他三年之久？」

我道：「我不知道，上校，現在我無法回答你這個問題，因為所知實在太少，但是，王亭的指紋，既然在潘博士住宅之中大量出現，你難道能夠否認，他曾和潘博士夫婦長期生活在一起？」

傑克又呆了一會，才道：「好的，我們傾全力去找尋王亭，你準備怎樣？」

傑克那一句問話，陡地提醒了我。

我忙道：「行了，警方不必採取行動了！」

傑克聲音有點惱怒，他道：「究竟什麼意思？」

我道：「警方大規模去找他，可能會使他藏匿不敢露面，我去找他！」

傑克道：「你怎麼找得到他？」

我苦笑着：「我去試一試，你還記得，我曾經詳細研究過有關王亭失蹤的資料，知道他有多少社會關係，也知道他曾到什麼地方去，我去找他，找到他的機會比警方要多！」

傑克道：「你要小心，如果他已殺了兩個人，他不會在乎再殺多一個人的！」

我道：「放心！」

我放下了電話聽筒，仍然將手放在電話上，發着怔。潘博士夫婦離奇恐怖的死亡，竟然和三年前神秘失蹤的王亭，發生了聯繫，那實在是我無論如何，意想不到的！

也正因為事情來得實在太突然了，是以我腦中，才亂成一片。

我呆立了一會，立時開始尋找我保存的有關王亭的資料。幸而我有着保全資料的良好習慣，是以當我要找的時候，很快就可以找到。

我花了一小時的時間，將王亭的一切資料，重新看了一遍。

在我重讀了王亭的資料後，我得出了一個結論，如果王亭在這三年來，一直和潘博士夫婦生活在一起，那麼，出了事之後，他離開了潘博士的住所，最可能便是去找他以前的一個同居婦人。

這個婦人曾和他同居過一個時期，後來雖然分了手，但還時有來往，在王亭神秘失蹤之後，警方也曾在這婦人的身上，做過許多的調查工作，但卻一無所獲。

這個婦人在一家低級酒吧中做吧女——那是資料中的記載。事情已過了三年，她是不是還在那家酒吧，我當然不知道。

但是為了要找這個婦人，還是得先從那家低級酒吧開始！

我立時離開了家，因為我實在太需要找到王亭了，不但是為了洗脫我自己殺人的嫌疑，而且，為了弄清楚這一切撲朔迷離的經過。

我在二十分鐘之後，走進了那條狹窄的橫街。橫街的兩面，至少有十幾家酒吧，酒吧的門口，站滿了臉上塗得像戴着面具一樣的吧女。

我推開了其中的一家活動門，走了進去，除了喧鬧聲之外，才一進去時，我幾乎什麼也看不見。

我略站了一站，聽得有一個女人在問我：「先生，喝酒？」

也許我的樣子，不像是這一類酒吧的顧客，是以那詢問的聲音，聽來很生硬。我循聲看去，看到在櫃枱後，一個肥胖的婦人，正瞪着我。

我走近櫃枱，在櫃枱前的高櫈上坐了下來：「威士忌，雙份，陸瑪莉在麼？」

那個婦人起身去斟酒，然後將酒杯重重放在我的面前，望着我，笑道：「居然有人找陸瑪莉來陪酒，真是太陽西天出了。」

她咕噥了一句，就大聲叫道：「瑪莉！」

王亭的這個女人，居然還在，這真令我高興，可是，那胖婦人叫了兩聲，走進來一個吧女，向我笑着：「瑪莉今晚請假，先生，你要人陪？」

她一面說，一面已在我的對面，坐了下來，我忙道：「我有要緊的事，要找陸瑪莉，如果你能告訴我，她住在什麼地方——」

我才說到這裏，那女人已然噘起嘴，轉過身去。這也是在我的意料之中的，是以我立時拿出一張鈔票來，在她的面前，揚了一揚。

那女人立時一伸手，將鈔票搶了過去，笑道：「她就住在這裏不遠，只有兩條街——」

那女人說了一個地址，然後又向我笑了笑：「不過，你最好別去找她，因為她的一個相好忽然回來了，正和她在一起！」

我高興得幾乎叫了起來，「她的一個相好」，那除了王亭，還會是什麼人？

我已下了高櫈，順口道：「你怎麼知道？」

那女人「格格」笑了起來，「我就和她住在一起，怎麼不知道？」

她將我給她的那張鈔票，塞進了低領衫中，轉身走了開去，我也離開了那家酒吧。

我照那女人所說的地址找去，走上了一道陰暗的樓梯，在一個住宅單位前，過了不一會，蓬頭散髮的陸瑪莉打開了門，望着我。

我認得她，因為我看過她的照片，她啞着聲：「找什麼人？」

我先伸出一隻腳，頂住了門：「找你，也找你的朋友，王亭！」

陸瑪莉的臉色，一下子變得十分難看，也就在這時，我聽得屋內，傳來了「砰」地一下玻璃的碎裂聲。我用力一推，推開了門，陸瑪莉跌在地上，我衝進了屋子。

才一衝進屋子，我就看到一個人，正要跳窗逃走，那人的一隻腳，已然跨出了窗子，我雖然只看到他的背影，但是，我一眼認出他就是王亭。

既然已經看到了王亭，我如何還肯放過他逃走？我大喝道：「王亭！」

一面喝叫，一面我已向前直衝了過去，伸手向他背後的衣服抓，只抓中了他背後的衣服，在他人向外撲去之際，「嗤」地一聲響，衣服破裂，我的手中，只抓到了一塊布。

緊接着，在陸瑪莉的驚叫聲中，我聽到了「蓬」地一聲響，我立時探頭向外看去，只見王亭跌在下面的一個鐵皮篷頂上，正在向下滾去。

從窗口到那鐵皮篷頂，並不是太高，我也立時一聳身，跳了下去，我跌在鐵皮篷頂上時，許多人都打開了窗，探頭出來看，和高聲呼叫着。

我自然不去理會那些住客的驚呼，因為王亭已經滾到了地上，那鐵皮頂，是一個賣汽水的攤子用來遮擋太陽的，王亭一落地，就站了起來。

我也就在他站起來的那一剎那間，向下撲了下去，可是我才向下躍去，王亭就捧起了一盤汽水，向我直拋了過來，我被好幾瓶汽水，擊中了身子，而王亭則已拔腳向前飛奔了出去。

我落地之後，在地上滾了一滾，王亭已快奔到巷口了，如果我再起身追他，一定追不到他，所以我在地上抓起了一瓶汽水，便向前拋了過去。

那瓶汽水，「啪」地一聲響，正擊中在王亭的小腿彎處，令得王亭的身子，陡地向前仆去。

也就在那一剎間，我身子疾躍而起，奔到了巷口，在王亭掙扎着，還未曾站起來時，我已經緊緊握住了他的手臂將他提了起來。

王亭也在那時候，大叫了起來：「我沒有殺人，我沒有殺人！」

我將他的手臂，扭了過來，扭到了背後，那樣，他就無法掙扎了。

我冷冷地望着他：「王亭，不論你有沒有殺人，你都得跟我到警局去！」

王亭低下了頭，這時，已有不少看熱鬧的人，圍了上來七嘴八舌地講着話。

王亭抬起了頭來，望着我，忽然嘆了一聲：「好的，我跟你到警局去，不過我說的話，一定不會有人相信。」

我不禁呆了一呆，因為王亭的談吐，十分鎮定，而且斯文，絕不像是一個劫匪。

我還沒有再說什麼，兩個警員，已經推開看熱鬧的人，來到了我的身邊。我仍然扭着王亭，怕他逃走，那兩個警員來到了我的身邊，我就道：「請你們帶我去見傑克上校，上校等着要見這個人！」

那兩個警員中的一個，竟然認識我，他立時道：「是，衛先生，請你等一等，我們去召警車來。」

他一面說，一面取出了手銬，將王亭的雙手銬上，王亭也沒有任何掙扎，只是低垂着頭，顯得十分喪氣，神情也極其蒼白。

不一會，警車來了，我和王亭一起登上了車子。傑克上校顯然早已得到了報告，警車才一駛進警局停下，他就奔了出來，叫道：「衛斯理，你捉到了誰？」

我下車，將王亭也拉了下來，道：「上校，你自己可以看，我們的老朋友來了！」

傑克上校盯着王亭，然後又伸手在我的肩頭上拍了拍：「到我的辦公室來。」

他轉身，親自押着王亭，向前走去，我跟在他的後面，他在快走到辦公室門口的時候，回頭大聲吩咐道：「不准任何人來打擾，不論發生了什麼事，都不要來煩我，我有重要的事要處理。」

跟在他身後的幾個警官，一起答應着，退了開去，傑克上校在進了辦公室之後，又將辦公室中的兩個職員，也趕了出來。

整間辦公室中，只有我、王亭和傑克上校三個人了，傑克上校關好了門，開了錄音機，才轉過身來，王亭只是木然立着。

我首先開口：「上校，王亭說他沒有殺人，而且，他說他講的話，不會有人相信。」

傑克冷笑着：「當然不會有人相信，他以為他的謊話可以輕易將人騙到，那太天真了！」

當傑克的話出口之際，王亭抬起了頭來，口唇掀動了一下，像是想講些什麼，但是他卻終於未曾發出聲來，而且隨即又低下了頭去。

在那時候，我也忍不住想說話，可是我卻也沒有說出口來。

我想表示意見，是因為我覺得上校的態度不是十分對。上校可能是對付狡猾的罪犯，對付得太多了，是以他一上來就認定王亭會編造一套謊話來欺騙警方。而我的看法卻不一樣，因為我覺得王亭的這件事，和潘博士夫婦之死，可以說是充滿了神秘，那是不尋常之極的一件事。

我本來是想將我的意見提出來的，但是，向王亭問口供，是傑克的職責，我不便越俎代庖，而且傑克是一個主觀極強的人，我也不想在這個時候，和他發生任何爭執，是以我才忍了下來，沒有出聲。

傑克已坐了下來，將一枝射燈，對在王亭的身上，他道：「你喜歡站着也可以，但是你必須回答我的話。」

王亭不出聲，也不坐下，仍然低着頭，站着。

傑克道：「姓名？」

王亭仍然低着頭，不出聲，傑克的耐性，算得是好的了，他居然連問了三四遍，才陡地一拍桌子，霍地站了起來，厲聲道：「你是什麼意思？」

王亭抬起頭來，我從他的臉上，可以看出他的心中，在感到一種極其深切的悲哀，他道：「上校，我認為，應該讓我先將我的遭遇說出來，我是一個受害者，你不應該將我當作犯人。」

我一聽得王亭那樣說法，心中又不禁一動。

那種感覺，和我才捉住他的時候，他講了幾句話之後一樣，我總覺得王亭的話，不像是出諸一個慣竊的口中，而像是一個知識分子。傑克冷笑道：「滿屋子全是你的指紋，你還要抵賴？」

王亭低着頭，在燈光的照射下，他的臉色，更是白得可怕，他道：「我想和衞先生單獨談談！」

王亭的這個要求，可能傷害了傑克的自尊心，因為在他嚴厲的責問下，王亭什麼也不肯說，但是他卻表示要和我單獨談談。

是以傑克立時咆哮了起來：「你要說，對我說，你的姓名是王亭，你怎麼殺了潘博士夫婦！」

傑克的臉漲得通紅，在王亭的面前，揮舞着他的拳頭，但是王亭卻像是根本未曾看到一樣，在他的臉上，始終帶着那種深切的悲哀，一言不發。

我已經看出傑克上校這樣問下去，是什麼也問不出來的了，所以，我十分委婉地道：「上校，他要和我單獨談談，就讓我——」

我的話還沒有說完，傑克已經對着我叫嚷了起來，伸手直指着門口，喝道：「出去，別在這裏，阻撓我的訊問工作！」

我呆了一呆，由於我無意和傑克發生任何爭執，是以我什麼也不說，只是道：「好的，再見。」

在道了「再見」之後，我就走向門口，打開了門，當我出了傑克的辦公室之際，我仍然聽到傑克在咆哮着。或許是我的心理作用，也或許是傑克的咆哮聲真有那麼大，當我走出警局的大門時，我仍然好像聽到傑克的吼叫聲在嗡嗡作響。

未曾找到王亭前，整件事，自然是亂成一團，毫無頭緒。但是那時，不論怎樣亂，總還有一個希望在，那希望便是，在找到了王亭之後，一切便都可以水落石出，完全明白了。

至現在，王亭已經找到了！

在找到王亭之後，是不是事情已經完結，整塊神秘的序幕，都可以揭開了呢？

老實說，當我離開警局的時候，我一點也沒有那樣的感覺，我只感到，事情更神秘、更複雜了。

首先，王亭什麼也不肯說，這三年來，他究竟在幹些什麼？他是如何會在潘博士夫婦的家中的？他何以談吐斯文，全然不像慣劫犯？他何以在一被我捉住之後，就說他沒有殺人？他為什麼肯定他就算照實講，他的話也不會有人相信？

找到王亭了，可是事情看來，卻比以前更加複雜了！

我在回到家中之後，嘆了一口氣，吩咐白素：「不論什麼事，都別吵醒我，我要睡覺！」

的確，在那時候，我感到了極度的疲倦，一件事，本來以為已大有希望的，但是在忽然之間，發現原來寄託的希望，到頭來，竟是一條絕路的話，那真是會使人感到極度疲乏的。

我倒頭便睡，白素真的遵照着我的吩咐，不來吵我——自然，那是等我睡醒之後，我才知道的。

我一直睡到了第二天下午四點鐘，醒來之後，仍然覺得昏昏沉沉，頭痛欲裂。我在牀上的時間雖然久，但是我卻根本沒有睡好，我不斷做着各種的惡夢。

我用手輕輕敲着額，站了起來，進了浴室，用冷水淋着頭。

當我從浴室中出來的時候，白素等在臥室中，道：「從中午到現在，傑克上校已來了四次。」

我陡地一怔：「他現在——」

白素道：「在客廳中等你，看來他好像心中十分煩，不斷在走來走去！」

我以最快的速度，穿好了衣服，衝下樓去，傑克一看到了我，就立時迎了上來，我忙道：「真對不起，我不知道你會來找我，而我實在太疲倦了——」

我講到這裏，便沒有再講下去，因為我發現，我實在沒有資格說我自己疲倦，傑克的疲倦，顯然在我之上，他的雙眼之中，佈滿了紅絲，他臉上的那種神情，就像是一個毒癮極深的人，已有好幾個小時未曾注射海洛英一樣。

他甚至在講話的時候，都在微微地喘着氣，他道：「那該死的王亭！」

我早知道他來找我，一定是為了王亭的事而來，是以他那樣說，倒也沒有引起我什麼驚訝，我也沒有插嘴，等他說下去。

傑克上校整個人向下倒去，倒在沙發中，可是他才一坐下，立時又跳了起來：「該死的王亭，我一直盤問他到今天中午，他什麼也不肯說！」

我皺着眉：「一句話也沒有說？」

傑克「哼」地一聲，瞪了我：「我倒寧願他是一句話也沒有說！」

我立時明白了，不禁笑了起來：「可是他仍然堅持要和我單獨談？」

傑克有點狼狽，他搓着手：「是的，真不知道他是什麼意思，為什麼有話不肯和我說，要對你說！」

我道：「上校，道理很簡單，那是因為他所說的一切，一定是怪誕神秘得不可思議，他不認為他的話會被任何警方人員接受，所以他寧願對我說。」

傑克仍然恨聲不絕：「那麼，你自然會轉述他對你說的話？」

我想了一會：「當然會，但是說不說在我，信不信他講的話卻在你。」

傑克又悶哼了一聲：「那麼，請你到拘留所去！」

我搖着頭，道：「不是我不願意去，但是，我認為將王亭的手銬除去，將他帶到我這裏來，我和他像朋友一樣地談，我們可以獲得更多的東西！」

傑克望定了我，過了好半晌，他才嘆了一聲：「好吧，全依你的，我不知倒了什麼楣，你看到今天的報紙沒有，為了潘博士的死，好幾家報紙在攻擊警方，促警方迅速破案。」

我又道：「上校，你別將破案的希望，寄託在王亭的身上，我看這件事十分神秘，其中一定還有我們意想不到的曲折在！」

傑克用手拍着茶几：「王亭就是殺人兇手！」

我苦笑着：「我也願意王亭是兇手，因為我自己也是嫌疑人之一，但是無論如何，我們總得正視現實，先聽聽王亭如何說！」

傑克道：「如果太相信王亭的話，那可能上他的當。」

我拍着他的肩頭：「放心，我和你都不是沒有判斷力的人！」

傑克沒有再説什麼，轉身離去。我立時對白素道：「王亭要來，他是一連串神秘事件的中心人物，而他堅持要單獨和我談一切經過。」

白素微笑着：「你看他會同意我在一起旁聽麼？」

我道：「他來了之後，我會在書房和他談話，你先去煮咖啡，只怕我們的談話會花很長的時間。」

我説着，上了樓，先檢查一下隱藏的錄音設備，並且準備了一具自動攝影機，使鏡頭對準了一張椅子，我準備讓王亭坐在那張椅子上。

第五部

博士夫婦的研究課題

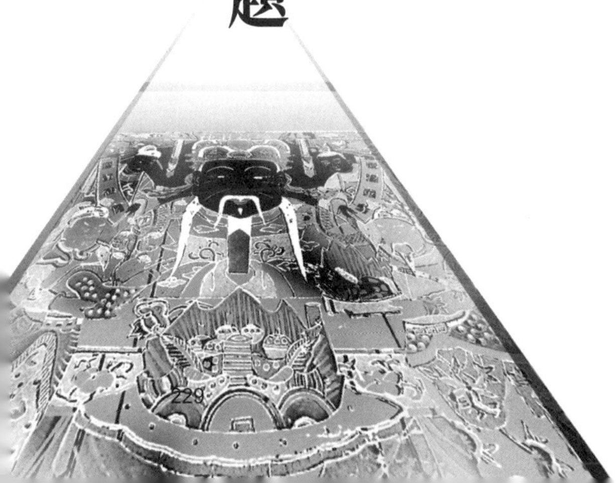

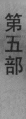

王亭來得很快，當我準備好了一切之後，我就聽到了警車的嗚嗚聲，我走到樓梯的一半時，白素打開了門，王亭和一個警官，站在門口。

王亭遲疑了一下，向內走來，那警官跟在他的後面，我走下去，對那警官道：「我想上校説過，王亭要單獨和我談談。」

那警官道：「可是，警方要負責看管他。」

我有點不高興，立時臉一沉：「如果警方不信任我，那麼，請你將王亭帶回去，要不然，就請你回去，等我和王亭談完了，自然會和他一起去找傑克上校！」

那警官沒有再堅持下去，他只是連聲道：「好！好！」

而我已請王亭上樓，當我們走上樓梯的時候，我回頭看，看到那警官已經走了。

王亭和我一起進了書房，王亭在我事先替他預備的椅子上坐了下來，我遞了一杯咖啡給他，他只是啜着咖啡，一聲不出。

我也不去催他，兩個人都保持着沉默。足足過了十分鐘之久，他才放下杯子：「我沒有殺人，我真的沒有殺人！」

我道：「你必須將你的遭遇從頭至尾講出來，人家才會相信你沒有殺人。」

王亭又開始沉默，我仍然耐着性子等着他，這一次，他沉默得更久。

終於，他嘆了一口氣：「真的，我實在不知從何處說起才好。」

我提示他：「不妨從頭講起，三年前，當你在那巷子中，着手槍劫，反而被人架走之後，就一直沒有人知道你的下落。」

王亭「啊」地一聲：「警方知道我是被人架走的？」

我道：「是，一個小孩在窗口看到了全部過程，警方在那巷子中找到了一柄刀，刀上有你的指紋，而你卻失蹤了，這件案子一直是一個謎，傑克上校曾經邀我作過詳細的研究，但沒有結果。」

王亭苦笑着：「於是你將這件事，當作是神秘故事，在俱樂部中講出來？」

我略呆了一呆，才道：「是的，潘博士告訴你的？那晚上潘博士夫婦要離開的時候，我突然意識到會有事發生，所以跟着他們，後來天下雨了，我看到你替他們開門，你和他們生活多久了？」

王亭並不立時直接回答我這個問題。他像是在沉思，過了片刻，才道：「那天晚上回來，潘博士就對我說：『王亭，居然還有人記得你，今天，就有人在俱樂部講了你的事。』」

王亭沉思了一會，續道：「那晚潘博士說道：『那個人叫衛斯理，他專喜歡參與一切奇怪的事，但願我們的事，不要給他知道才好！』接着，他就在案頭日曆上，記下了你的名字！」

我苦笑着，道：「原來是這樣，就是日曆上的這個名字，幾乎使我成了殺人的嫌疑犯！」

聽到了「殺人嫌疑犯」五個字之後，王亭又沉默了好一會，才道：「剛才你問我，和他們在一起多久了？我和他們在一起足三年了，自從我失蹤的一刻起，我就和他們在一起。」

這一點，本來也是我意料之中的事，但是我自然得將其中的情形，問得更清楚。

這時，我的精神，極其振奮，因為看來，一件懸而未決，充滿了神秘性的事，已經快可以有了答案了，看王亭的情形，他顯然準備將一切經過告訴我！

我道：「你的意思是，將你架走的一男一女兩人，正是潘博士夫婦？」

王亭苦笑着：「是的，人生真是奇妙，我是一個劫匪，可以隨意選擇搶劫的對象，如果不是那天在銀行大堂中，選中了潘夫人化裝的老婦人，我也不會有以後的這些經歷了。」

我本來想不打斷王亭的話頭，可是我的好奇心，使我忍不住口，我道：「潘博士夫婦顯然是有意安排使你上鈎的，他們的目的是什麼？」

王亭道：「他們安排使一個犯罪者上鈎，而我恰好便上了鈎，因為他們要一個人，曾經犯罪或正在犯罪的人，所以他們才那樣做。」

雖然王亭的話，已然說得很有道理，然則我還是不明白，我道：「他們要一個罪犯？」

王亭伸了伸身子：「是的，他們要一個罪犯，一個罪犯意識極重的人，而我正好符合他們的需要，我有許多項搶劫的紀錄，是一個無可救藥的罪犯，遲早會在監獄中度過一生，所以他們那樣做，根本不必在良心上覺得有什麼虧負。」

我聽到這裏，忍不住又問道：「王亭，你以前受過很好的教育？」

王亭愕然地望着我：「沒有啊！」

我道：「可是聽你現在的談吐，你好像——」

王亭笑了起來：「別忘記我和潘博士夫婦相處了三年之久，他們兩人，全是舉世知名的學者，我想我和以前，大不相同了，更何況他們要我的目的，就是要在我身上做實驗！」

我不禁吸了一口氣，失聲道：「用人來做實驗？」

王亭的神情卻很平淡：「正如我剛才所說的那樣，我是一個罪犯，就算他們將我來當作實驗品，他們在良心上，也不致虧負什麼！」

我正色道：「那是犯罪行為，比起搶劫來，還要嚴重得多！」

王亭又呆了半晌，才苦笑道：「或許他們自己沒有想到這一點。」

關於王亭被潘博士夫婦架走的經過，我已經知道，我不想在這上面多耽擱時間，所以我直截地問道：「他們做什麼試驗？」

王亭的身子，震動了一下，臉上也出現了一種極其古怪的神色來，不消說，潘博士夫婦的試驗，在他的身上，造成了一種極大的痛苦，使他如今想起來，猶有餘悸，這一點，可以自他的面肉，在不由自主、簌簌地跳動着得到證明。

王亭並不說話，他忽然低下頭，頭頂向着我，然後，伸手撥開頭髮，當他撥開頭髮的時候，我不禁嚇了一大跳，在他的頭蓋骨上，有着一圈可怖的傷痕。這種傷痕，只有施行過腦部手術的人才會有，而且，一般來說，就算是動過腦部手術的人，也不會在頂門上，留下一圈那樣大的疤痕。

從王亭頭頂上那圈疤痕看來，就像是他的頭蓋骨，曾經被整個揭了開來，看了使人不寒而慄！

我立時問道：「這是怎麼一回事？」

王亭抬起了頭：「你聽說過生吃猴子腦？將猴子的腦蓋骨揭起來，猴腦還在跳動——」

他才講到這裏，我已經叫了起來，道：「行了，別再說下去了！」當我叫出那一句話之後，我不由自主喘起氣來。我絕不是一個膽小的人，也經歷過許多古古怪怪的事。但是，我卻明白王亭忽然在這時候提起「吃猴子腦」這一回事的意思。

他的意思是說，他的腦蓋骨曾被潘博士夫婦揭開來過，而他當時還是活着的，這實在是一件駭人聽聞之極的事。

可是，看王亭的神情，反倒不如我那樣激動，他甚至笑着（當然是苦笑）：「潘博士夫婦，他們研究的課題是：『大腦、小腦結構對人的犯罪意識、行動之影響和操縱』。這是一個大題目！」

我沒有出聲，因為我回答不出，這個研究題目，自然是一個大題目，但是，用一個活人，將他的頭蓋骨揭開來，而進行研究……

王亭略頓了一頓之後，又繼續道：「他們研究的目的，是想找出支配一個犯罪者的犯罪活動的一種物質，他們起初稱之為腦細胞的染色體，後來，又改稱為思想儲存細胞的變態活動方式。」

我仍然不出聲，從王亭的話中聽來，他顯然已具有極其豐富的這一方面的知識，說不定在潘博士夫婦死了之後，他是這方面的唯一權威了！

王亭又道：「那一天，當我開始有了知覺之後，我只覺得冷得發抖，那是夏天，我不應該感到那樣寒冷的，我睜開眼來，看到了潘博士夫婦。」

王亭接着道：「當時，我不知道他們是什麼人，我也無暇去研究他們是什麼人，我發現我被固定在一張冰牀上，在我的頭上，已有許多電線貼着，潘博士對我說：『對不起，你是一個罪犯，我們要用你來進行試驗，以證明我的理論……』」

王亭說到這裏，喘了幾口氣，才繼續講下去：「當時，我曾經大叫大吵，但是我隨即失去了知覺，而等到我又有了知覺之際，那種……那種……」

王亭的身子，突然劇烈地發起抖來，而他的神色又變得如此之蒼白，我真怕他會昏過去！

總算好，沒有多久，他又恢復了鎮定：「我又有了知覺的時候，發現自己坐在一隻箱子之中的一張椅子，手腳仍然被固定着。」

我點着頭，心怦怦地跳着：「是的，我看到過那隻箱子、那張椅子。」

王亭道：「我在那椅子足足坐了兩年！」

我不禁打了一個寒戰，一個人，被固定在一張椅子上，禁錮在一隻箱子中，被人當作豚鼠一樣，那已經是十分可怕的事了，更何況在那兩年之中這個人的頭蓋骨是被揭開的，他的腦子，暴露在外。

王亭大約也看出了我面色不對，他苦笑了起來，反倒安慰着我：「好在，這一切全都過去了，我再次有了知覺之後，聽得潘夫人在叫：『你看，他醒了！』潘博士則正在忙碌地工作着，他聽得潘夫人的叫聲，轉過身來望着我，又拿了一面鏡子，來到了我的面前，對住了我。」

王亭講到這裏，劇烈地在抖着，一面在發抖，一面將他的雙手，不斷地在膝頭上搓着：「我是世界上唯一，看到自己的頭蓋骨不在，看到了自己腦子的人！」

我在陡然之間，感到了一股極度的噁心，我站了起來，伸出一隻手，作着手勢，叫王亭別再向下講去，一面喘着氣。

過了好久，我才漸漸回復了正常。

照理說，身受的人，應該比我聽到這件事的人，更要難以忍受才是，然而這時，王亭看來，卻比我鎮定得多。

我又坐了下來：「他們那樣做的目的是什麼？」

王亭道：「他們研究的目的，是想找出一個人之所以犯罪，是因為犯罪者的腦部組織中，有一種令人犯罪的因子存在，他們就需要一個罪犯，就在這個罪犯的腦中找到這種犯罪因子，再找出遏止它們活動的辦法。」

我的情緒，已經平靜了很多，等王亭講到這裏，我接口道：「如果他們研究成功了，那麼，就可以消滅人類的犯罪行為？雖然他們的手段聽來……很令人不自在，但是他們的研究，倒是極其偉大的創舉。」

王亭嘆了一聲：「空前的創舉！」

王亭講到這裏，停了下來，他停了好久，才緩緩地道：「而且，他們已經成功了！」

我吃了一驚：「他們已經成功了？」

我之所以吃驚，是不知道王亭何所據而云然，如果說潘博士夫婦他們已經成功了，那麼，他們的成功，將影響整個人類，將使人類的歷史，從此改寫，人類行為之中，再也沒有犯罪。

而「犯罪」這件事，從各方面分析起來，形成的原因極之複雜，而且，由於世界各地形勢的不同，「犯罪」的標準也大異，在某一個地區，是殺頭的大罪，在另一個地區看來，那可能是值得歌頌的英雄行為。

真正消滅了犯罪行為，可以從兩方面來看。從好的一方面而言，那就是人再也沒有了自私、貪婪的劣根性，而從壞的一方面來看，則是潘博士夫婦已找到了控制人類思想的方法，是以一時之間，我只是張大了口一句話也說不上來。

王亭顯然也看出了我的疑惑，他道：「我只在我自身的思想變化而言，說他們已經成功了。當我開始看到自己受到這樣的待遇之際，又驚又怕，每天不知盤算着多少方法，來對付他們，可是事實上，我卻一點實際行動也施展不出來，因為我被固定在椅子上，一直到兩年之後，潘博士才找到了他理論中的那種『犯罪因子』，將聯結培養犯罪因子的激素系統截斷，自那一刻起，我整個思想，都改觀了！」

王亭低下了頭，他的聲音，聽來很和平，他續道：「你或許不相信，自那以後，我完全變了另一個人，我不但不再埋怨他們，而且當他們提及我以前的搶劫、盜竊行為之際，我幾乎不相信那是我以前所幹的事，在後來的一年中，我成了他們的得力助手！」

我沉聲道：「你一直和他們生活在一起？」

王亭點頭道：「是的。」

我搖着頭：「可是，我和傑克上校，在他們的屋子中，卻完全找不到你居住的地方。」

王亭道：「那隻箱子，那張椅子，就是我睡覺的地方，我必須盡量坐在那張椅子上，接受儀器的測量，記錄我腦部活動的情形。」

我呆了半晌，才道：「這聽來是一個很完整的故事了，一對胸懷大志的科學家，從理論上認為人之所以犯罪，是由於腦部特殊活動的影響，於是他們找來了一個罪犯，解剖他的腦，而他們終於成功了，使這個罪犯，完全變成了好人，和他們生活在一起，幫助他們進行這項空前偉大的研究，聽來是一個很動人的故事，就像童話一樣，從此他們無憂無慮，快樂地過着日子！」

王亭的嘴唇掀動了一下，他想說話，但是卻並沒有發出聲音來。

我的身子俯向前，瞪住了他：「只不過，可惜得很，王亭，你和我都知道，事實上，故事的結尾，沒有那麼圓滿，而極其悲慘，潘博士夫婦，在一種最原始的狙擊中死去。」

王亭的雙手捂住了臉，他的聲音很低沉，也充滿了悲哀，他道：「是的，他們死得實在太慘了。」

我和王亭的談話，已經到了極其重要的部分了，我故意使自己的語氣，聽來變得十分平淡，我道：「不是你下的手？」

王亭陡地放下了捂住臉的手，我預期他會現出十分激動的神情來，但是他沒有，他只是加深了他的那種深切的悲哀。

他現出十分苦澀的笑容：「我？怎麼會？別忘了，我是潘博士夫婦研究成功的典型！」

我立時問道：「那麼，慘事又是怎麼發生的？」

王亭呆了很久，才道：「在半個月之前，潘博士夫婦，不滿意我一個人成功的例子，他們要再找一個人來實驗，而這個人，不止是一個小偷，或是一個劫匪，他必須是一個窮兇極惡的殺人犯。」

我吃了一驚：「他們準備去找一個殺人犯，用對付你的辦法對付他？」

王亭點了點頭。

我苦笑着：「他們簡直是玩火！」

王亭嘆了一聲：「是的，他們在玩火，我曾竭力反對他們的這個計劃，我在最近的一年，等於在實際上參加了他們的研究工作，我獲得了不少知識，我知道，潘博士夫婦的每一項工作，都有詳細的紀錄，他不但找出了那種犯罪因子和激素有聯繫的一種分泌物，而且，還找出了它的分子結構。」

王亭痛苦地搖着頭：「可是他們是大科學家，大科學家的想法和普通人不同，他們不會滿足於一點成就，而要取得更大的成就。」

我緩慢地道：「於是，他們就去找一個殺人犯？」

王亭又點了點頭。

我挺了挺身子：「他們找到了什麼人？」

王亭的聲音，聽來更悲哀：「他們帶來了一個年輕人，不，簡直是一個孩子，他只有十五歲。在他們有了這個決定之後，他們就在下等住宅區中流連，找尋目標，那一天，當他們將這個孩子帶回來的時候，潘博士對我說，他們遇上了一場械鬥，雙方各七八個人，用利刀互相砍殺，那種毆鬥，如果是在戰場上，一定可以獲得戰鬥英雄的稱號。」

我沒有出聲，因為事實上，我對於這種毆鬥，一點也不陌生，不但不陌生，每一個生活在大都市中的人，都不會陌生。

王亭續道：「潘博士又說，他親眼看到那孩子殺死了兩個人，他也受了傷，他們兩人就將他架回來，那孩子在來到的時候，在半昏迷狀態中，潘博士夫婦連夜替他施行手術，包紮傷口，本來，準備第二天，就像對付我一樣對付他的。可是第二天，他卻發起燒來。」

我「嗯」地一聲：「發燒是不適宜動大手術的。」

王亭點着頭：「所以，手術延擱了下來，潘博士夫婦一直照應着他，他燒了十多天，他那十多天中，我和他在一起的時間更多，他問我這裏是什麼地方，潘博士夫婦是什麼人，為什麼要將他弄到這裏來——

我吃了一驚，打斷了他的話頭：「你，你不至於將一切全告訴他了吧！」

王亭苦笑了起來，望着我：「我不應該告訴他的？可是我卻全告訴他了！」

我大聲叫了起來：「你這個傻瓜！」

王亭繼續苦笑：「衛先生，你不能怪我，你想，我經過了他們兩位的手術，已經完全沒有了犯罪因子，我是一個純正，絕沒有絲毫犯罪觀念的人，而說謊是一種罪行，所以我——」

他說到這裏，停了下來。

而我也整個人都呆住了。

潘仁聲和王慧，他們兩個人，創造了一個絕對沒有一絲犯罪觀念的人，一個這樣的人，當然不會撒謊來隱瞞事實，所以王亭將一切全告訴了那個少年！

王亭低下頭去：「或許是我的話害了他們，但是我沒有辦法，我根本不會說謊話。」

我道：「以後的情形怎樣？」

王亭道：「那少年聽了我的話後，十分害怕，但是一句話也不說，當天晚上，你來拜訪潘博士夫婦，我和那少年在樓上，潘博士夫婦，已經決定在當晚，向那少年進行腦蓋揭除手術，潘夫人當你和潘博士在樓下談話的時候，她正在樓上準備一切。」

王亭繼續道：「後來她就下來了，當你走了之後，他們兩人一起回到樓上，那少年就發了狂，用一根鐵棒，先襲擊潘博士，再襲擊潘夫人，將他們打死，奪門逃走！」

王亭的聲音開始帶着一種嗚咽，他續道：「我見到出了這樣的大事，害怕起來，也逃走了，我沒有別的地方可去，只好逃到我以前認識的一個女人那裏，而你就找到了我，全部經過，就是那樣。」

他在講完了那一番話之後，停了半晌，又重複了一句：「全部經過，就是那樣。」

我沒有出聲，我們之間，維持着沉默，又過了好久，他才道：「我知道我的話，是難以使人相信的，我一定被當作殺人的兇手，但是我必須將我的遭遇說出來。衛先生，我要找你說這番話，是因為你聽了我的敘述之後，就算不相信，那麼，也至少認為有這個可能。如果講給別人聽，別人連這個可能，都不會考慮！」

我苦笑着，王亭的敘述，自然是不容易相信的，但是，潘博士夫婦的神秘行動，那張椅子，那麼多記錄腦部活動的儀器，王亭頭部，那麼可怕的疤痕，這一切，不會證實了他所說的是事實麼？

第六部

成功？失敗？

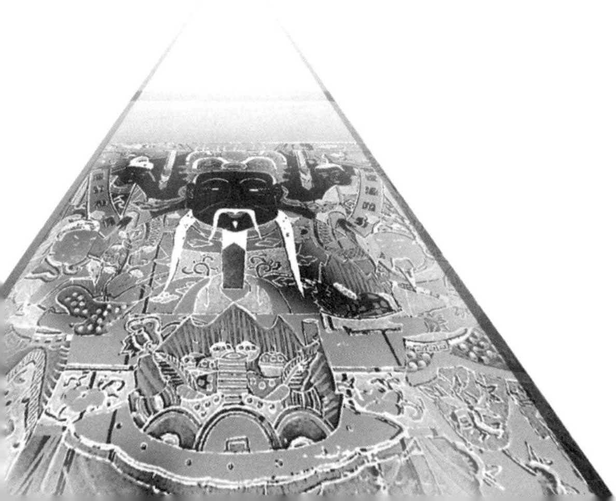

我呆了好一會，才道：「那麼，這個少年叫什麼名字？住在什麼地方？」

王亭道：「在我和他相處期間，我曾經問過他，但是他卻什麼都不敢說。

我皺着眉：「那麼，你當然記得他的樣子？」

王亭道：「自然記得，如果我再見到他的時候，也一定可以認得出他來，他的頭髮很長，人很瘦——」

我打斷了他的話頭：「你不必對我說，對警方的素描專家說好了。你的話，我認為必須給傑克上校知道，是由我來覆述，還是你對他說？」

王亭顯出十分疲倦的神色來：「我再也不想提起那些事來了。不管人家信與不信，我都不想再說了，就由你來轉述吧。」

我道：「好的，自然，在未曾提到那少年之前，你必須回到拘留所去！」

王亭忽然站了起來，握住了我的手：「如果警方找不到那少年呢？你知道，這樣的少年，在城市中，有成千成萬，而警方一點線索也沒有！」

看看王亭的那種神情，我也感到很難過，我只好用十分廣泛的話安慰着他，我道：「會找到的，別將警方的能力估計得太低！」

王亭長長地嘆了一聲，鬆開了我的手，不再說什麼，我來到門口，打開了門，果然，我的估計不錯，一輛警車就在我的門外。

而且，在我打開門的時候，傑克上校立時地從車上跳了下來：「怎麼樣，他向你說了什麼曲折離奇的故事？」

我道：「故事的曲折離奇，在任何小說之上，你當然可以知道，但是你要着人先將王亭押回去，小心看着他，他的情緒很不穩定！」

傑克上校向我走來，他的神情很疑惑，「你的意思是，他不是兇手？」

我很難回答這句話，根據王亭的敘述，當然他不是兇手，不過問題就是在於我是不是完全相信他的敘述而已。

傑克召來了兩個警員，和我一起回到了屋子中，我們看着那兩個警員將王亭押走，王亭一直低着頭，一點表示也沒有。

等到王亭走了之後，白素走了過來：「剛才王亭所說的一切，已錄了下來，我想你不必覆述了，我們一起聽錄音帶吧！」

對於覆述這件事，我老實說，也覺得十分困難，讓傑克聽王亭直接講的，自然也好得多，所以我和傑克，都表示同意。

在接下來的一小時之中，我、白素和傑克，三個人什麼也不說，只是聽着自錄音機中發出來的聲音。傑克聽得十分認真，也不作任何評論。

等到錄音帶放完，傑克立時站了起來，到了電話邊，他對着電話下令：「要王亭對素描專家，講述那個少年的樣貌，王亭知道是哪一個少年人，對，立即就進行！」

聽得傑克在電話中那樣下令，我也絕不覺得意外，因為任何人在聽了錄音帶上，我和王亭的對話之後，都會採取同一步驟的。

但是白素卻在傑克放下了電話之後：「上校，你相信了王亭的話？」

我和傑克，立時向白素望了過去，傑克先開口：「你認為有什麼不值得相信的地方？他的頭上，的確有着可怕的疤痕，當我發現了他的那個疤痕之後，我曾經請腦科專家來看過，專家説，他從來也未曾見過那樣的大手術，也不知道世界上有任何地方，可以有人會施行那樣驚人的手術。」

我立時接着道：「那就證明王亭的話，可以相信。潘博士夫婦，的確曾將他的腦蓋骨揭開來，將他作為一個試驗品！」

白素對於我們兩人的話，並不反駁，只是微笑，她道：「或許我不應多口！」

傑克上校道：「別說客氣話了，你想到什麼，只管說好了！」

白素道：「我並不是說潘博士夫婦未曾向王亭動過手術，我的意思是，潘博士夫婦的研究工作失敗了。」

我和傑克一呆，異口同聲地道：「失敗了？那是什麼意思？」

白素微笑着：「很簡單，目的本來是想找出人腦中的一種被他稱為『犯罪因子』的東西，加以消除，使得一個罪犯，變為一個好人，但是結果它卻是使一個小罪犯，變成一個更狡猾、更兇惡的大罪犯。」

傑克笑了起來：「照你那樣說，王亭就是殺人兇手？你別忘記，王亭曾和他們一起生活三年之久，他如果要下手，可以用許多方法，不露痕迹，何必要將他們兩人打死？那樣的行兇方法，正是一般少年犯罪的一貫作風！」

白素仍然微笑着：「如果不是用那樣的方法殺死潘博士夫婦，他如何向別人編造有一個少年在潘博士家中的故事呢？」

我立時道：「這樣的指責，只是你的想像，不是一種有證據的說法。」

白素道：「我有證據，有事實上和心理上的雙重證據。」

傑克大感興趣，道：「請說。」

白素道：「第一，兇案顯然有預謀，看來，兇手的行兇方法，像是猝然衝動之下做出來的，正符合王亭的說法，但是事實上，卻有預謀，試問：潘博士夫婦研究的紀錄，都到什麼地方去了？為什麼在他們的住所之中，什麼也找不到？」

我和傑克兩人，面面相覷，答不上來。這是一個大大的漏洞，我和傑克兩人，竟沒有想到。

白素下結論道：「自然，證據全被王亭毀滅，我甚至可以推測，潘博士夫婦到後來，已經知道了自己研究工作的失敗，他們創造的，並不是一個好人，而是一個更可怕的罪犯，所以才逼得王亭下手的。」

我和傑克兩人，更是講不出話來。

白素侃侃而談：「王亭將自己形容為一個連謊話也不說的完人，一個這樣的人，在兇案發生的時候，就應奮不顧身地去阻止那少年行兇，阻止不了，就應該報警，絕不會逃走，也不會逃到舊日的情婦家中，更不會有人去找他的時候跳窗，和人打架！」

白素的分析，實在是說得再透徹也沒有了，傑克猛然地一拍桌子：「這渾蛋！」

我吸了一口氣：「我們幾乎給他騙了！」

白素很高興，她道：「你們都接納了我的意見？還好，潘博士的研究，不至失敗到了使王亭成為一個聰明的罪犯！」

傑克轉身向門口走去：「謝謝你，我會使他招供，我只要將你的問題問他就行了！」

王亭絕想不到，就在他以為他所編的故事已將我和傑克上校騙到的時候，傑克會突然再次審問他，他開始的時候，自然矢口否認，但是他根本無法解釋白素提出來的問題，無法否認那是一件有預謀的事。

當他招供之後，他不斷地高叫：「我恨他們，我恨他們，他們將人當作老鼠，我實在恨他們！」

當王亭的高聲呼叫，連續了兩小時之後，他被送到了精神病院。

整件事似乎都完結了，但還有一些要交代的，那就是王亭在招供的時候，說出了他將潘博士的一切紀錄全部毀去了，但是卻保留了一本潘夫人的日記。警方根據他的口供，找到了那本日記。

在那本日記之中，有很多記載，和潘博士夫婦的研究工作有關，我選擇了十幾則，摘要抄在下面，那麼，對整件事情的了解，就更加充分。

X月X日

仁聲和我，弄來了一個人，那是一個搶劫犯，正是我們需要的一個，但是，當將那人推進車子的時候，我忽然想到，我和仁聲那樣做，也在犯法，我們同樣是罪犯，這不是很滑稽麼？

回家後，我曾和仁聲討論罪犯的定義，他說：「犯罪的人，腦中一定有犯罪因子，何必找什麼定義？」

我們將這個人麻醉，而且立即由我和仁聲，替他進行揭除腦蓋的手術。

X月X日

真叫人興奮，整個完整的、活生生的大腦和小腦，呈現在我們眼前，人的腦，我們曾擔心那人活不下去，可是那人活得很好，甚至醒了過來。當我們不必研究他的時候，用一副玻璃腦蓋，代替了他原來的腦蓋骨。

X月X日

仁聲疲倦得幾乎在工作的時候跌倒，但是我們必須繼續下去，我們也不能放棄教職，因為我們的研究是秘密的，還是極其偉大的工作。

X月X日

我們有了發現，今天，我們有了發現，我們在那人的腦下垂體中找到了一些東西，當我們遏制這一部分組織活動的時候，腦電動記錄圖就有顯著的改變。

經過了一年多辛勤的工作，我們終於有了發現。腦電圖每個人不同，我和仁聲的記錄曲線相同，王亭和我們截然不同，我們是高級知識分子，王亭是一個罪犯，只要使王亭的腦電動記錄曲線和我們的一樣，我們的研究就成功了，王亭就不再是罪犯，今天是值得紀念的日子，今天我們初步證明了，人腦組織中，某些組織和人的思想有關，而思想指導行動，也就是說，我們可以改造人的行動，創造一個和他過去的行為，全然不同的人！

X月X日

好幾天沒有睡了，研究工作實在太緊張，所以向學校請了幾天假，已有不少人知道我們在從事一項新的研究，但是，他們決不知道我們在研究什麼，沒有人料得到，我們在研究的，是一個如此大的課題，將震動全世界，改變人類的歷史！

X月X日，

今天更值得紀念了，仁聲動手割下了王亭腦中的那一小部分組織——我們稱之為人腦中的「犯罪腺」，王亭顯得很平靜。從發現「犯罪腺」起到現在，又快有半年了，在這半年之中，王亭的腦活動紀錄表示，他的思想愈來愈接近我們，我們估計，在手術之後，我們可以得到完全相同的腦電動記錄曲線，自然，這一點，要等到王亭從麻醉中醒來，腦部活動完全恢復正常之後才知道。

X月X日

王亭醒過來了，他醒來之後，向我們微笑着，結果幾乎是極度圓滿的，我們已接近成功了。成功，這是多麼令人興奮的字眼，但自然，我們還得再繼續觀察很多日子，才能下結論。

X月X日

今天是第三個值得紀念的日子，我們將王亭自己的頭蓋骨，還了給他，除了那圈可怕的疤痕之外，他看來完全是一個正常的人，而當頭髮生長出來之後，就可以遮住那一圈可怕的疤痕了。王亭很合作，我們曾向他解釋過我們工作的意義，他可以全盤接受，他進步得真快，他的腦電動記錄圖，幾乎和我們完全一樣了，我主張將我們的成功公布出去，但仁聲比較審慎，他主張再從行動上觀察王亭一個時期，我同意了他的意見。

X月X日

王亭的表現，實在是無懈可擊的，他完全變了另一個人——我們所創造的一個新人，他不再是罪犯，他已經脫胎換骨。

X月X日

今晚在俱樂部中，一個叫衛斯理的人，忽然提起了王亭，那使我震驚得幾乎昏了過去。我們冒雨回來，回到了家中，我甚至仍然在發抖，隔了那麼多年，還有人記得王亭和王亭被我們帶走的情形，這實在太可怕了。

X月X日

我們實在已經成功了，一個人腦部的活動，就是思想，思想是無法探索的，但是每一類型不同的思想，都可以由儀器記錄，反應出不同的曲線。王亭的腦電動記錄曲線，已和我們一樣，我主張立時公布，我們可以叫王亭簽一張志願作我們「實驗助手」的證書，那麼，我們就可以擺脫衛斯理的追查，我們已經成功了，我們就可以將王亭向全世界的科學界推出去，宣布我們的成功！

王慧博士的日記，我擇其重要，轉述了十幾則，其中，有的只相隔一兩天，有的相隔一年多，從這十幾則日記之中，至少可以看出事情的一些經過，而且，也證明了我在俱樂部中，提起王亭那件神秘失蹤案的時候，潘夫人的確受了極大的震動。

潘夫人的日記，自然有助於我了解整個事實的真相：可是有一點，卻出乎意料之外。

因為我、傑克和白素的最後結論是，潘博士夫婦失敗了，所以王亭非但沒有被他們的研究工作創造為一個好人，而且成了更兇惡的犯罪分子。

但是，在潘夫人的日記之中，潘夫人卻一再強調他們的研究工作成功。

這很難使人明白，如果他們的研究工作成功，那麼，王亭何以從一個普通的搶劫犯，而變成了一個如此深謀遠慮的殺人兇手？

我不明白那是為了什麼，而潘夫人的日記中，又不可能為她的失敗作掩飾，她在日記中，將他們如何獲得成功的經過，記述得相當詳細。

當我看了潘夫人的日記之後，我沒有結論，傑克看了之後，也沒有結論。

我向傑克上校情商，將潘夫人的日記帶了回來，讓白素也看看，因為首先發現王亭對我們在說謊的是白素，她或許可以在潘夫人的日記之中，看出一些什麼來的。

當晚，白素就在燈下，一口氣將日記看完。

第二天我起身的時候，她睡着了，我只在牀頭上，看到她寫的一張字條，那字條上是寫着一句話：「他們失敗了。」

看了那句話，我心頭的疑惑更甚，潘博士夫婦的研究是成功的，這一點，已是無可置疑的了，在潘夫人的日記中，有着那麼明確的記載，何以白素還說他們的工作是失敗的呢？

我想叫白素來問，但是看她睡得那麼沉，所以沒有叫她，只好心中納悶。

一直到了中午，白素才醒來，我一聽到臥室中的聲響，就衝了進去，白素還在伸着懶腰，道：「你看到我留下的結論了！」

我道：「看到了，我正在等着你的解釋！」

白素笑了一下：「那至少得等我洗了臉！」

我笑了起來：「好啊，要賣賣關子？」

白素沒有說什麼，我又等了她十分鐘，她自浴室中出來，我們一起坐在陽台上。

白素道：「我說他們失敗，是站在我們的立場上而言的，在他們的立場而言，他們成功了。或者說，潘博士夫婦自以為成功了！」

我有點不明白，望着她：「這又是什麼意思？」

白素忽然將話題，岔了開去：「在這世界上，真有好人、壞人之分麼？」

我呆了一呆：「當然是有的，而且每一個人的腦部活動，如果真的通過儀器的記錄，也的確可以展示不同的曲線。」

白素點着頭：「確定這一點：假定好人和壞人的腦電動記錄有很大的差異，王亭是犯罪分子，當潘博士夫婦開始記錄他的腦部活動之際，和他們自己大不相同，但當他們自以為成功之際，王亭和他們的思想活動，幾乎相同，是不是？」

我點頭道：「是的，所以他們成功了！」

白素望着陽台下的草地：「問題就在於：潘博士夫婦是不是好人？他們的腦電動曲線，是不是好人的記錄曲線？」

我呆住了，我未曾想到這一點！

潘博士夫婦，一直將王亭的腦電動記錄，和他們自己的作比較，結果幾乎相同，他們就認為成功了。而他們的目的，是要將王亭的犯罪思想去掉，成為一個好人。他們要創造一個新的、沒有犯罪思想的人，而這種人，是以他們自己作為藍本的。

可是他們自己，是怎樣的一類人呢？他們計劃周密，使得一個搶匪上了他們的鈎，成為他們的實驗品，他們利用活人來作研究，他們的野心大到要改造整個人類，要改寫人類的歷史，他們算是什麼類型的人呢？

我深深地吸了一口氣，事情實在已經很明白了，潘博士夫婦，的確是成功了。他們將一個普通的搶劫犯，改造成為一個和他們一樣的人：深謀遠慮、殘忍、不顧一切後果、野心極大的人——這個人，就是現在的王亭。所以，王亭才作了那麼周密的佈置，將潘博士夫婦殺死了。

看來，只怕潘博士夫婦至死還想不到這一點，他們絕想不到，他們想要創造一個好人，可是結果，創造出來的人和他們一樣！

我緩緩吁着氣，雖然我沒有說什麼，但是白素在我的神情上，已經完全可以想到，我已經將所有的事，全然想通了！

白素也輕輕地嘆了一口氣：「其實一點也不意外，不論是什麼人，當他想到要改造他人思想的時候，總是以他自己的思想活動作為典範，要人人都變得和他一樣，單就這一點而論，其意念已經極其可鄙，遠比搶他人財物，傷害他人身體為甚！」

我仍然沒有說什麼，只是點了點頭。

要改造他人的思想，控制他人的思想，那毫無疑問是一種犯罪行為，這種犯罪行為，自然比搶劫、傷人，來得嚴重得多！

草地在陽光的照射下，顯得很燦爛，我緩緩地站了起來，心頭極其沉重。

我沒有再去見王亭，因為我再也不想去想這件事，整件事，實在太醜惡。

事情本來是結束的了，但是還有一點小小的意外。王亭在審訊中，竭力替他自己辯護，說他是先被禁錮，然後在逃出來的時候，受了阻撓，是以才失手殺人的。可是結果，他仍然被判死刑。

在他死刑被執行之後的第二天，傑克上校打了一個電話給我，道：「王亭在臨刑之前，有一封信給你，你是自己來拿，還是我派人送來給你？」

我略呆了一呆，道：「信很長麼？」

傑克上校道：「不，只不過是一張便條。」

我道：「那麼，請你在電話裏念給我聽好了。」

傑克道：「好的，請你聽着：『衛先生，我無辜，任何人在受了我這樣的遭遇之後，都會做出比我的行為更可怕萬倍的事情來，是你使我走進煤氣室的。』」

我聽到這裏，不禁「哼」地一聲：「這算什麼意思，他還想向我報仇？」

傑克笑了一下：「你聽下去：『你可能不知道我原來的計劃，我原來的計劃是，繼續他們的研究，那真是可以創造一個思想完全不同的人，可是，這種偉大的創造，卻叫你破壞了。』」

我嘆了一口氣：「這傢伙，真可以說至死不悟！」

傑克也跟着我嘆了一聲，我當然沒有任何負疚，只是感嘆於潘博士夫婦的遺毒之深而已。

（全文完）

衛斯理小說典藏版　50

新 年

作　　者：　衛斯理（倪匡）
責任編輯：　黎倩雲　　常嘉寧
封面設計：　李錦興
出　　版：　明窗出版社
發　　行：　明報出版社有限公司
　　　　　　香港柴灣嘉業街18號
　　　　　　明報工業中心A座15樓
電　　話：　2595 3215
傳　　眞：　2898 2646
網　　址：　https://books.mingpao.com/
電子郵箱：　mpp@mingpao.com
版　　次：　二〇二二年七月初版
I S B N：　978-988-8688-97-5
承　　印：　美雅印刷製本有限公司